新媒体与中国网络文学

李灵灵 著

东南大学出版社
SOUTHEAST UNIVERSITY PRESS
·南京·

图书在版编目(CIP)数据

新媒体与中国网络文学/李灵灵著. —南京:东南大学出版社,2020.9(2022.1重印)
ISBN 978-7-5641-8867-2

Ⅰ.①新… Ⅱ.①李… Ⅲ.①网络文学-文学研究-中国 Ⅳ.I207.999

中国版本图书馆 CIP 数据核字(2020)第 049627 号

新媒体与中国网络文学

著　　者:	李灵灵
出版发行:	东南大学出版社
社　　址:	南京市四牌楼2号　邮编：210096
出 版 人:	江建中
网　　址:	http://www.seupress.com
电子邮箱:	press@seupress.com
经　　销:	全国各地新华书店
印　　刷:	江苏凤凰数码印务有限公司
开　　本:	880mm×1230mm　1/32
印　　张:	6
字　　数:	168 千字
版　　次:	2020 年 9 月第 1 版
印　　次:	2022 年 1 月第 2 次印刷
书　　号:	ISBN 978-7-5641-8867-2
定　　价:	45.00 元

本社图书若有印装质量问题,请直接与营销部联系。电话(传真):025-83791830

自　序

新媒介重塑了中国当代文学生活,所带来的变化是革命性的。文学从计划经济下的"供销社文学"转变为商业经济下"文学超市"中的"文学产品",品种丰富,应有尽有,任君挑选,文学产业化时代真正到来。在探究市场化的打工杂志消亡与作家群落分化过程中,我发现这一变化体现得更为明显。中国当代文学的版图格局正在发生变化:文学审美和文学消费变得更加多元;有关作家、读者、作品、文学生产机制等相关的传统文学理论和文学观念被颠覆,不正视这些变化,对中国网络文学的探究就如同"隔靴搔痒""盲人摸象"。

网络文学引发对于"文学是什么"等元理论的思考。新媒介改变了文学的存在形式,并不像印刷媒介把口头文学印制成书本的样态那样简单。网络文学发展到 IP 产业化阶段之后,文学借助数字技术,在各种媒介体(如原创文学网站、文学自媒体、影视、游戏、动漫)之间进行全产业链开发。文学跨媒介开发使得人们认识到文学借助于纸质印刷媒介分发只不过是一个历史性的解决方案,而不是唯一的解决方案。那种印刷在纸上的文学构筑了我们国度的文学经典,而那些在不同媒介间跨越、流动的文学 IP 是什么呢?还能被称作"文学"吗?按照印刷媒介时代构筑的主流传统文学框架来作分析,何平先生对当下的网络文学"做了一个粗略的排序:小说、复杂的故事、爽文,以及为影视剧、网游、动漫等产品定制的

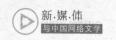

故事脚本"①。符合经典"小说"标准的网络文学是非常少的,后三者占据网络文学的绝大部分,传统文学研究基本上是不把它们当"文学"来看待的。如果恪守主流文学的边界,对这些"泛文学"的网络写作视而不见,面对日渐活跃、发展壮大的网络文学似乎不太可能;如果拓展文学边界,将其纳入主流文学研究的范畴,势必要对"文学"的内涵和外延重新界定。

网络文学发展20年之所以不太受主流文学"待见"的原因是文本的"审美性"稀薄,这涉及网络文学评价标准体系的建构问题。我们不能因为网络文学商业性强,属于大众流行文学或类型化文学,就认定其审美性文学性缺乏。也就是说,不能因为它是网络文学,就认定它缺乏"经典"所具有的典范性、超越性、传承性和独创性。② 当我们这么界定的时候,实际上还是在用印刷文明时代传统精英文学标准的尺子来衡量网络文学。那么网络文学是否拥有自己的"经典"?网络文学的经典观念由谁来建构?主流文学传统由文学期刊(编辑)、作家和文学评论家来界定经典文本,对网络文学影响最大的主要是读者受众、网站和作家。学院派的文学批评对网络文学的发展基本上产生不了影响,网络文学只需要让消费它的读者满意。学院派的衡量标尺有时甚至和网络文学发展是冲突的。除非能从网络文学内部建立一套新的评价体系,这是网络文学研究中亟待解决的学术问题之一。

当下网络文学新的生产机制使得文学创作发生了前所未有的变化。首先为了满足读者不同的多样化的审美需求,文学类型不断深入细分,新的文学品种还在不断被"开发"出来。在一次探究

---

① 何平:《再论"网络文学就是网络文学"》,《文艺争鸣》,2018年第10期,第1-3页。
② 邵燕君:《网络文学的"网络性"与"经典性"》,《北京大学学报》(哲学社会科学版),2015年第1期,第143-152页。

自 序

网络文学的课堂写作实验中,几个小组的同学在写作前期都不约而同地做了几件事情:首先对当下网络文学流行的子类型进行了市场调查,其次再确定了小组的写作定位,男生都选择在起点中文网写玄幻仙侠小说,女生都选择晋江文学城的都市言情小说。在"90后""00后"们看来,调查文学市场需求确定市场定位是一件再自然不过的事情。文学写作不再是作家"自我"的私语,作家为了适应市场需求,要从写"我"到为"分众"写作。网络时代的作家写作面临几大挑战:个性被遮蔽、创新创意开发、人工智能写作。信息时代的文学生产机制越来越向产业化大发展,传统印刷文明时代作家"工匠"小手艺的生产已经不能满足工业化制作的需要。

网络文学已经发展了20年,但对于主流文学研究者来说仍是"新生"事物。如何将印刷文明时代的经典文学传统引渡到网络文学中,文学艺术的"灵韵"如何在新媒体时代保存,使网络文学承担艺术审美和社会价值观传递功能,也是网络文学研究要探讨的重要命题。

本书聚集了我对新媒体与中国网络文学早期探索的初步成果,也融入了部分课堂上的讲义。有些论述可能存在偏颇,网络类型小说章节还不够完善,缺少耽美小说、同人小说、科幻小说和游戏竞技小说等类型,很是遗憾,只能待今后的学术研究中一一补正。拙作难免有疏漏之处,恳请大方之家批评指正。

本书在写作过程中受到以下项目基金支持:教育部哲学社会科学重大攻关项目"非物质文化遗产美学研究"子课题(18JZD019),中央高校基本科研业务项目"中国网络文学的英译与海外影响研究"(2242019S20027),特此鸣谢。

李灵灵

2019年11月

目　录

自序 / 1

第一章　文学"春秋战国"：新媒体与多元文学版图格局 / 1
第一节　当下文学版图格局之变 / 2
第二节　媒介变迁、审美转向与作家群落分化 / 15
第三节　打工杂志的命运：从分化到消亡 / 16
第四节　新媒体、受众审美趣味分化的挑战 / 22
第五节　作家群落分化及新生代崛起 / 27

第二章　中国网络文学发展简史 / 38
第一节　网络文学的海外滥觞 / 38
第二节　文学网站艰难探索自由草创期
　　　　（1998—2003 年）　　　　　　　　　　/ 42
第三节　网络文学商业化变革与类型化发展
　　　　（2003—2014 年）　　　　　　　　　　/ 47
第四节　网络文学 IP 产业化与跨媒介时代
　　　　（2015 年至今）　　　　　　　　　　　/ 55
第五节　中国网络文学的翻译和海外传播 / 62

第三章　新媒体时代的文学生产与作家生存 / 66
第一节　从写"我"到为"分众"写 / 68
第二节　类型化套路与反类型化 / 72
第三节　资本的力量与批量文学生产 / 77

第四章 审美多元化时代的文学研究 / 83
    第一节 经典诗学观念下的文学研究 / 84
    第二节 审美权力多元化时代的来临 / 89
    第三节 文化现场:研究思路与路径 / 93

第五章 时代之文学:网络类型小说 / 101
    第一节 网络类型小说的通俗文学参照系 / 101
    第二节 网络类型小说的"模式化"特质 / 108
    第三节 网络类型小说的"游戏化"特质 / 112

第六章 欲望都市之中国传奇:都市言情小说 / 119
    第一节 慕容雪村:都市里的"残酷"青春 / 119
    第二节 辛夷坞:消逝的青春与爱情 / 126

第七章 东方幻想之玄幻仙侠小说 / 132
    第一节 中国网络幻想小说的兴盛与本土神话回归 / 134
    第二节 再造神话体系与创建新"游戏"世界 / 136
    第三节 网络时代的"人类神话":在"神话"中成长 / 139
    第四节 脱离传统"神性"时空的"审美杂糅" / 150

第八章 后宫种田小说中的"大女主" / 154
    第一节 "女性向"流行 IP 中的"腹黑女" / 155
    第二节 "腹黑女"形象的跨媒介改编 / 160
    第三节 "腹黑女"与女性自我认同困境 / 164

结语 / 169

参考文献 / 172

第一章

文学"春秋战国":新媒体与多元文学版图格局

新媒体时代的到来,给中国当代文学带来了全方位的革新。

一般情况下,当我们问起"文学是什么"时,人们脑海中可能会想起伟大悠久的古代文学传统代表如四大名著,抑或现代文学史上的大文学家,比如"郭鲁茅巴老曹",以及有关他们的名作佳话;抑或是当代文学权威期刊的代表,比如《人民文学》《当代》《十月》《收获》等,尽管连当下大学中文系本科生也可能未曾读过发表在这些权威期刊上的文学作品;或者是当代名家名作,比如诺贝尔文学奖得主莫言和他的《丰乳肥臀》《酒国》《蛙》《生死疲劳》等,贾平凹的《废都》《秦腔》等,路遥的《人生》《平凡的世界》等;又或者是外国文学史上的名家名作,比如莎士比亚、托尔斯泰、雨果、海明威等等。从这个意义上,我们可以将文学归结为"语言的艺术",是现实生活的反映和升华,是心智生活的经典,是人类智慧的结晶,是某种"审美意识形态"。

再把目光放得更广一点,金庸、古龙、梁羽生的武侠小说算得上文学吗?这些曾经被"80后""90后"的父母老师们贬为"闲书"、一旦发现孩子染上便觉得如临大敌的作品,人们将之归入"通俗文学"的范畴。武侠大师的作品今天看来也是经典,只不过,对待如前所述文学经典和武侠小说的态度有着天壤之别,后者看起来消遣性太强而远离了文学。从这个意义上来说,文学是一种娱乐还是消费?

当下被青少年热捧的《盘龙》《斗破苍穹》《斗罗大陆》等网络幻想小说，因其世界观的宏伟瑰丽，极富被改编成游戏的特性，这些小说也大都被改编成了游戏。起点白金作家"我吃西红柿"曾在湖南卫视的综艺节目《天天向上》中说："写一本小说就是创造一个世界，我很喜欢我创造的世界。"从这个意义上来讲，文学是什么？文学是想象和创造一个世界？

曾经在荧幕上热播的《后宫·甄嬛传》《步步惊心》《花千骨》《琅琊榜》《择天记》《三生三世十里桃花》等等，这些被改编成电影、电视剧的作品，其原作都来自网络文学作品，有好些同时被改编成游戏、动漫。从这个意义上来讲，文学是什么？文学是影视和游戏动漫的……脚本？或者：文学是一种文化产品？

人类生活进入信息时代，新媒介为代表的技术革命也在重塑我们的文学生活。

新媒体时代，我们需要重新理解当下文学，包括对文学是什么等元命题的重新界定，以及网络文学评价标准、机制和评价体系的建立等等。而理解这一切的关键，当从新媒介革命及其给中国当代文学带来的革命性变化开始。

第一节　当下文学版图格局之变

1960年代，美国著名传媒理论家马歇尔·麦克卢汉（Marshall McLuhan）的名言"媒介是人的延伸"至今深刻影响着人们对于媒介的理解。媒介突破并延伸了人的感官限制，人眼视觉所能看清的范围不过眼前数百里，而今不用"更上一层楼"便能够"穷尽千里目"，只需要打开电视互联网视频，便可以看见全球范围甚至宇宙空间发生的事情，人耳听觉的延伸也是如此。新媒介到来，不仅延伸了人类的生理感官，它使得人们的精神生活、人与人之间链接的方式，也大大地被改变了。

2014年1月1日，上海报业集团《新闻晚报》宣布停刊，标志着新媒介对传统媒介在新闻传播领域的胜利。《新闻晚报》流传出一首《江城子》：

> 十年青春空飞扬，人未老，报先亡，新识旧友，何处诉离肠。千简万牍著文章，朝随露，夜伴霜。一夜北风旗幡乱，刀笔断，乌弓藏，青丝白发，谁人不彷徨。往昔峥嵘随流水，落花黄，晚报殇。

新媒介首先冲击的是高度依赖于传统媒介运作方式的传统新闻内容生产，意味着纸质大众传媒的内容生产方式已经不能满足受众的市场细分需要。实际上，新闻报业萧条从21世纪之初就已显露端倪。2007年，曾经在广州乃至全国都名噪一时的《南方都市报》，不得不依靠卖报纸送矿泉水饮料的方式维系发行量，以争取继续获得广告商的广告投放。而当时20多个版面的报纸也仅仅卖2元人民币，已经到了赔本赚吆喝的地步。尽管如此，也不能挽回纸质传媒日薄西山的萧条处境。

什么是新媒介？新传媒产业联盟秘书长王斌曾定义："新媒体是以数字信息技术为基础，以互动传播为特点、具有创新形态的媒体。"美国《连线》杂志对新媒体的定义是："所有人对所有人的传播。"新媒体就是能对大众同时提供个性化内容的媒体，是传播者和接受者融会成对等的交流者，而无数的交流者相互间可以同时进行个性化交流的媒体。《中国新媒体发展报告》对新媒体的界定是："新媒体是新的技术支撑体系下出现的媒体形态，如数字杂志、数字报纸、数字广播、手机短信、网络、桌面视窗、数字电视、数字电

影、触摸媒体等。"相对于报纸、广播、电视、杂志四大传统意义上的媒体,新媒体被形象地称为"第五媒体"。① 这个定义界定了新媒介和传统媒体的边界,传统媒介以报纸、广播、电视、杂志为代表。

身处信息革命时代,新媒体给我们的生活带来的变化清晰可见,它改变着信息分享交流的方式,同时也在各个领域带来更广泛的深刻变化。其中,它带给文学生活的冲击,并不亚于纸质新闻大众媒体。

21世纪初,中国当代文学在世纪之交酝酿一场巨变。2006年,几组标志性的文学事件可谓不同文学群落冲突的集中性爆发体现,或可称之为"新媒体时代目睹文坛之怪现状"。

事件一:2006年,作协体制内的作家洪峰在街边发起"作家乞讨"的行为艺术,声讨当地文化局欠发工资;也就在同一年,《南方人物周刊》做了一个专题《写小说,挣大钱》,副标题是"网络文学的黄金时代",专访天下霸唱、当年明月、孔二狗、血红、慕容雪村、赫连勃勃大王等当红网络作者。两起事件发生形成鲜明对比,呈现不同的文学生产机制下两种完全不同的文学世界状况。

事件二:2006年初轰动文坛的"韩白之争",以"80后"作家韩寒和评论家白烨为中心展开了一场旷日持久、牵涉多人的文学论战。这场论战的导火索是评论家白烨先生认为:"'80后'作家写的东西还不能算是文学,只能算是玩票。"其中一个理由就是"他们很少在文学杂志亮相,文坛对他们不了解,他们'进入了市场,尚未进入文坛'"。并点名批评"80后"作家代表韩寒的作品"越来越和文学没有关系"。此番评论引发韩寒的反击,他在新浪个人博客上回应:"文学不文学,不由文坛说了算。文坛是个屁。"双方在博客展开的论争迅速吸引了韩寒粉丝及一批文化人的围观,随后双方

---

① 见黄楚新,唐绪军,吴信训,刘瑞生编制:《新媒体蓝皮书·中国新媒体发展报告》,北京:社会科学文献出版社,2011年。

"亲友团"的互掐更将这起论争陷入一场文化混战。归根结底这起论争的焦点在于双方阵营对于各自文学理想的坚守,对彼此文学审美观念的不认同。

事件三:2006年6月陶东风先生在其新浪博客发表文章《中国文学已经进入装神弄鬼时代》,以《诛仙》为例说明当下玄幻文学不同于传统武侠小说的最大特点是"专擅装神弄鬼",引发《诛仙》铁杆粉丝的诸多不满。两天后《诛仙》的作者萧鼎在自己的新浪博客发表回应文章:《究竟是谁在装神弄鬼?——回陶东风教授》,称"我的书,原也不是因为要给教授看完给予评语并获得所谓认可而写的",随即对陶的标题和观点一一展开驳斥回应:"先别说代表那大过天的中国文学,在我看来,《诛仙》只是一部得到许多朋友喜爱的作品而已。"最后总结:"装神弄鬼四字,我当不起,哗众取宠,窃为先生不值。这四个字,还是原封奉还罢!"此次"装神弄鬼"之争没有引爆成类似"韩白之争"的文化事件,此后陶先生没有在公开场合给予回应,然而在文章评论区仍可见其支持者和反对者的声音。

这三组文学事件说明了什么?

这些争论显示了不同的文学审美评判标准和文学观念的冲突,特别是主流文学批评家、研究者和新生的原创网络文学群落之间的文化冲突。中国当下文学不再是铁板一块了,一种令主流文学圈"望而生畏"的力量正在兴起——"粉丝文化""粉丝经济"。无论是"写小说、挣大钱"的网络大神还是韩寒、萧鼎,其得意、"狂傲"的资本正是背后源源汇集的大众粉丝,萧鼎一开始便抬出了"粉丝团":"在网络上看到了许多书友的一些言词,却觉得我还是应该要说些什么了。陶教授在这篇文章中有许多我不敢认同的言词,若是默不作声,我自己倒还罢了,但是以陶教授的意思,却是看这些书的读者们的所谓价值观、道德观也有问题了……"韩寒在"韩白

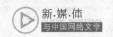

之争"中"大获全胜"也是因为"粉丝利器",粉丝们的疯狂、口水战造成的压力让对方不得不关闭博客。

有意思的是,这些怪现状都发生在2006年。2006年是一个特殊的年份,因为2006年正是中国网络文学开始付费阅读、作家获得稿酬之后的三年,这意味着什么?中国网络文学正式从玩票开始走向文化产业化之路,文学的功用和价值改变了,在审美价值之外,它还拥有了附加的价值:给写作者带来经济利益,给网站带来收益。

对于21世纪初中国文坛之种种情状,王晓明教授曾撰文《六分天下:今天的中国文学》予以归结。他将当时中国大陆文学版图划分为六份:严肃文学(纯文学)、新资本主义文学、反抗的文学、短信文学、博客文学和网络文学。① 前三者是"纸面文学"的代表,后三者是"网络文学"的代表。

严肃文学或纯文学到底指什么样的文学呢?通常人们会想起严肃文学的代表作家莫言、余华、贾平凹、路遥等,以及由他们创作的文学作品。严肃文学或纯文学的表述可能不太准确,但这种文学类别是一百年前由新文化运动催生的中国现代文学在今日的直系继承者,也是通常认可的文学的正宗,今天大学中文系和中学语文科目所教授的"当代"文学,各级作家协会及所属报刊,以及大多数评论家所理解的"当代"文学,也都主要是指这一种文学。纯文学是文学创作和文学批评中一个重要的美学概念,其来源最早是西方"纯文学"反对宗教意识形态和伦理观念对文学的直接干涉,反对把文学当作阐释宗教意识形态和伦理观念的载体,也反对经院哲学对文学的控制。② 而中国古代"文史哲"不分家,文学一开始就不是纯粹的。三国时曹丕说:"盖文章,经国之大业,不朽之盛

---

① 王晓明:《六分天下:今天的中国文学》,《文学评论》,2011年第5期。
② 陈国恩:《"纯文学"究竟是什么》,《学术月刊》,2008年第9期。

事"(三国魏·曹丕《典论·论文》);宋代周敦颐明确提出"文以载道"(《通书·文辞》)。1905年,王国维最早将西方纯文学概念引进中国,他在《论哲学家与美术家之天职》一文中写道:"美术之无独立价值也久矣,此无怪历代诗人,多托于忠君爱国劝善惩恶之意,以自解免,而纯粹美术之著述,往往受世之迫害而无人为之昭雪者也。"王国维深受康德和叔本华美学思想的影响,他用"纯粹美术"的审美观念把掺杂了各种政教名利目的的审美观相区别,强调"审美无利害""审美无功利"。1907年,鲁迅在《摩罗诗力说》中明确提出"纯文学"的概念:"由纯文学上言之,则以一切美术之本质,皆在使观听之人,为之兴感怡悦。文章为美术之一,质当亦然,与个人暨邦国之存,无所系属,实利离尽,究理弗存。故其为效,益智不如史乘,诚人不如格言,致富不如工商,弋功名不如卒业之券。""纯文学"纯粹是出于"愉悦"的目的,不承担过多的不应由文学承担的使命。其后,新文化运动的干将如周作人等也支持文学的独立性。而实际上,新文化运动中文学的目的很快演变为"启蒙""化大众","纯文学"不了了之。

20世纪80年代重提"纯文学",源于知识分子对当代文学"工具论"的焦虑。1942年5月,毛泽东发表《在延安文艺座谈会上的讲话》,提出"文艺应为工农兵服务","政治标准第一,艺术标准第二",以及1960到1970年代"文化大革命"期间全中国只剩几个样板戏的反拨,号召回到文学本身,提倡审美独立性。不管这种"纯文学"是否真正存在过,源自新文化运动的文学继承者在20世纪80年代开启了一个文学繁荣的黄金时代。1980年代的文学生产主要由文学期刊把持,文学权威期刊掌握着文学审美话语权力,能否发表在《人民文学》《十月》《当代》《收获》等文学权威期刊,对当代作家来说至关重要。通过了这些文学权威期刊的审核,也意味着拿到了进入文坛的通行证,也就确立了主流文学界认可的"作家"身份。1980年代文学权威期刊帮助文学爱好者一举成为"作家",以"我是流氓我怕谁"口号标榜的王朔也未能免俗。1983年夏天,王朔和其他所有文学青年一样,捧着稿子到《当代》编辑部"拜码头",他尊重编辑的修改意见,将稿子由六七万字压缩成了三万字。1984年《当代》第2期发表了王朔的成名作《空中小姐》,不久《当代》又将"当代文学奖"的"新人奖"给了他,随后又陆续发表了他的作品,从此奠定了他在文学、文坛的生存空间和身份地位。白烨先生批评韩寒等为代表的80后未进入文坛,指的便是他们没有在这样的文学权威期刊上发表过作品。

到了1990年代,严肃文学(纯文学)的社会影响力持续下降。"纯文学"写作没有适应变化了的社会文化环境,与现实脱节。李陀曾在2001年接受采访时指出,"由于对'纯文学'的坚持,作家和批评家们没及时调整自己的写作,没有和九十年代急剧变化社会找到一种更适应的关系。……虽然'纯文学'在抵制商业化对文学的侵蚀方面起到了一定作用,但是更重要的是,它使得文学很难适应今天社会环境的巨大变化,不能建立文学和社会的新的关系,以致九十年代的严肃文学(或非商业性文学)越来越不能被社会所关注,更不必说在有效地抵抗商业文化和大众文化的侵蚀的同时,还能对社会发言"。[①]"文学消亡论"的论调开始在中国社会蔓延,在欧美也有严肃文学或纯文学,他们的这种文学形式也在衰退,也被边缘化。一时之间,体制内作家开始遭遇生存危机,如前面所述"作家讨饭"的行为艺术,都似乎在昭告着:文学要"死"了。

比较极端典型的例子,是在一篇《这种纯文学不是文学》的文章中,青年批评作者陆兴华针对作家残雪发表在《大家》上的《究竟

---

① 陈国恩:《"纯文学"究竟是什么》,《学术月刊》,2008年第9期。

什么是纯文学》展开的批评：

"纯"的文学用义无反顾地向内转的笔触将精神的层次一层又一层地（象绕绒线圈似的？）描绘、牵引着人的感觉进入那个玲珑剔透的结构，永不停息地向那古老混沌的人性（难道你不打算来理睬我身上这个吃麦当劳爱看床上戏镜头的新人性了？）内核突进。

用该文的词汇来定义，纯文学是：虚无飘渺的，无限止的深入，向着虚无的突进，谜一般的永恒，为着人性的完善默默地努力，进入那玲珑剔透的结构、对于生命的执着、对于文学自身的信心、纯度很高的创造、空无所有的极境，仅凭着一腔热血和自发律动进行那种野蛮而高超的运动……

不说别的，敢这样使用我的母语的人，怎么说服我她是它的作家？难道我的母语真是如此败烂，连它的作家们都没法把它用得自然、实在了？一个一流作家居然操着这样的文字，还口口声声要替我们去搞纯文学，还想要我们怎么奉陪？①

作者批评残雪的"纯文学"观是自言自语，越来越脱离大众，让人读起来"胸闷"。② 实际上，残雪的作品也很少能让人读懂。残雪曾在采访中声称，她的作品重在自我表达，并不是为了让人读懂的。这使得"纯文学"作家的写作和读者的阅读之间矛盾加剧，尽管严肃文学（纯文学）仍然拥有自己的受众，但随着新媒体所带来的受众时代来临，严肃文学（纯文学）渐渐越来越小众，在当下文学

---

① 陆兴华：《这种纯文学不是文学》，朱大可、张闳主编：《21世纪中国文化地图》，桂林：广西师范大学出版社，2004年。
② 卜昌伟：《陆兴华：躲开残雪所谓的"纯文学"》，《京华时报》，2004年6月9日第A22版。

版图中失去了更多的地盘。

占据纸面文学版图的第二种文学类别是"新资本主义文学",其代表了新的文学的另一种喧闹,与"严肃文学"的沉静形成鲜明对照。① 这类文学的头号作家代表是郭敬明,他开创的《最小说》及"最"系列杂志,获得了年轻人的青睐,被誉为此类文学的代表。郭敬明高中时代开始在大陆最早的原创文学网站"榕树下"写作,笔名"第四维",因此被粉丝亲切地称为"四维""小四"。2010 年,《最小说》的单期销售量已经多于 30 万份,远远超过《人民文学》和《收获》。郭敬明的小说也长期高居畅销书排行榜的榜首,而他自己也一度被誉为"中国最会赚钱的作家"。郭敬明的形象和传统作家有着鲜明的区别:他游刃于中国作家协会的会员大会和自己作品的签售会,中场休息期间有"御用"化妆师为其补妆;新作发布会上接受粉丝的献花、激情尖叫,为了宣传作品亲自上阵发行唱片录制节目。按照"严肃文学"的标准,郭敬明所做的一切都很不"文学",而他自身的身份,更像是一个文化商人、大众明星,最后才是作家。在表述其自身经历之时,郭敬明的用词也带有浓浓的"文化工业"意味:某某年出道,某某年有哪些作品上市。他在访谈中称:自己开公司、亲自宣传作品等等行为,并不是为了把自己打造成一个艺人,而是为了让自己的作品利益最大化,借用各种渠道的资源,让更多的人知道他的作品。显然,郭敬明非常清醒又很自觉地把文学当成一门"生意"来做。在其作品《梦里花落知多少》被法院判定"抄袭"庄羽的《圈里圈外》之后,他拒不道歉,尽管如此,他的粉丝仍然涌进他的博客力挺:"不管怎么说,就算他是抄袭的,我也一样喜欢他!"作家和读者之间,建立起基于文化消费、审美文化认同的新型互动关系,偶像的光环帮助大众粉丝确立自我认同感、群

---

① 王晓明:《六分天下:今天的中国文学》,《文学评论》,2011 年第 5 期。

体归属感,其根基在于粉丝的买单和消费。因此,王晓明先生将以郭敬明和《最小说》为首席代表的这一路文学,称为"新资本主义文学"。按照作协的惯例,一旦发现有重要作品被判定为抄袭,便会除名剥夺其会员资格,而郭敬明不但被邀请加入作家协会,其作品仍然被刊登在《人民文学》和《收获》上,尽管《最小说》继续将莫言和王安忆等一路的文学,坚决地排除在外。①

占据纸面文学的第三种文学类别,王晓明先生称之为"反抗的文学"。这是纸面世界里"别样的文学"。每年大量加入"文学人口"的年轻人,他们既瞧不上郭敬明式的写作模式,不愿步莫言式创作的后尘,用一种调侃和戏谑的姿态,没心没肺地"搞笑",来表达认真和激烈的人生情怀。这一类文学的代表人物是韩寒。韩寒《独唱团》第一辑自推出后发行量达150万册,以当时国内最高的稿费标准:每千字/2 000元,以及处处标新立异的特设栏目,吸引了大量的文学拥趸。然而,当《合唱团》第二辑作好了一切准备,排好了版面,正等待印刷厂印刷的时候,韩寒突然被告知"要停刊了"。原因是"以书代刊",没有取得刊号,不能公开发行。众多文友、粉丝在奔走相告,在博客上问询,韩寒也在新浪博客上公开发表声明,称《独唱团》试图转到磨铁图书之下作正规刊物化的努力,但最后所有的努力均化为乌有,已经谈定签订的多家合作方,均突然表示无法操作。韩寒"对此深表理解,但为了防止造成误会,我也多方打听,只能说这确非新闻出版单位或者宣传单位施加压力,大家不要错怪,但其他打探都无果,可能中国相关部门相关人太多,太多人都有让文艺读物变成文物的能耐,所以具体我也不清楚是怎么回事"②。由此,《独唱团》第一辑已成绝版,《独唱团》的停

---

① 王晓明:《六分天下:今天的中国文学》,《文学评论》,2011年第5期。
② 韩寒:《后会有期》,http://blog.sina.com.cn/s/blog_4701280b010176x6.html,2010年12月28日。

刊也意味着"反抗文学"的失效,至少在纸面世界里,标新立异和过于张扬个性并不被认可。实际上自21世纪以来,王晓明先生所谓"反抗的文学"并未形成明显的轮廓,构成其作者群的大量"80后""90后"文艺青年花费更多的时间混迹于网络,其作品大量夹杂在博客、论坛等各类杂文、散文乃至留言评论中,往往形迹模糊难以辨识。韩寒不过是充当了将这股新生力量导引向纸面文学的标杆人物,然而随着《独唱团》的停刊,以及作家群的更新,这股力量也慢慢沉寂相忘于网络,而朝向更多向度有着各种诉求的群体,裹挟着"个人"力量的标签,转变成各类文学自媒体中的文学"存在"。

在新媒体文学版块中,网络文学在世纪之交异军突起。什么是网络文学?至今文学研究界对网络文学的定义尚存疑惑,没有一个公认的说法。网络到底是仅作为文学传播的一种媒介和工具,还是催生了新的文学种类?取得广泛认同的是:从广义来讲,网络文学是以网络为传播载体、搬上网络的传统作品(传统文学作品电子化)和专为网络创作、首次在网上发布的网络原创文学。从狭义上讲,网络文学专指网络原创文学,即网民电脑上创作网络首发于网络。时至今日,网络文学呈现出不同于以往文学的新鲜特质,都在昭示着一种新的文学品种的诞生,它绝不是传统文学作品简单的电子化。一个从小学中学时代就开始阅读网络文学的大学理科生,会泾渭分明地划分出网络文学和传统文学的边界。当然,网络文学并不是从一开始就生成了今天这副模样,第二章将详细讲述网络文学的前世今生。

大约也是21世纪初,博客文学的诞生比网络文学稍许晚几年。站在今天的角度回望,博客大概是最早的个人自媒体,只不过,写博客的人们并没有把博客当作自媒体来运作,也并没有媒介营销的意识。最初的博客就是简简单单的个人表达,是个人声音

第一章
文学"春秋战国":新媒体与多元文学版图格局

在新媒介公共空间的持久记录,"由所有人面对所有人进行的传播(communications for all by all)"。博客的力量真正引发人们关注是在 2003 年,前《城市画报》记者木子美在博客上写《遗情书》,发表自己的性爱日记,掀起舆论哗然,木子美也因此获得"网络作家"的称号。几乎与此同时,竹影青瞳在天涯社区博客上发布自己张扬大胆的文字甚至裸照,也吸引了无数关注,被称为"竹子美"。世纪之交,美女作家们的"私人写作"红极一时,不论其对当代女性写作的意义如何,在某种意义上,它让博客写作这种方式成为继原创文学网站之后一种新的全民内容创作时尚,其后名人博客、微博女王等纷纷登场。当微博给予内容创作者稿费、分享自媒体发展的红利之时,自媒体文学作为其中一个种类才真正发展成熟起来。最初,微博小说限定在 140 个字符,具有时效性、随意性、互动性、超文本等特点。2011 年,首部微博小说《围脖时期的爱情》由沈阳出版社出版,作者闻华舰认为,微博小说不同于传统小说,更不是把一部长篇小说截成微博的篇幅分段发表,真正的微博小说"每节都要有包袱、有完整的情节点。要在 140 字里写出张力和内容来。……充分利用微博功能,配上相关图片、视频、音乐。"[1]2013 年 7 月,张嘉佳开始在新浪微博上连载"睡前故事"系列,同年 11 月,由 38 个"睡前爱情故事"集结起来的小说《从你的全世界路过》纸质书籍出版,首版半年销售即超过 200 万册。张嘉佳的微博收获了千万粉丝,作家本身也成为网红文艺青年的代表。自此,微博文学开始了成熟的发展运作。

"短信文学"又称为手机文学,是移动互联网初始阶段的产物。短信文学是继网络文学之后,以手机短信为平台,短小精悍、内容

---

[1] 《围脖时期的爱情》:百度百科,https://baike.baidu.com/item/%E5%9B%B4%E8%84%96%E6%97%B6%E6%9C%9F%E7%9A%84%E7%88%B1%E6%83%85/10170865? fr=aladdin.

平实、娱乐性强、语言生动、传播快捷的文学样式。短信文学一开始被等同于适合在手机上发表的文学作品，它与传统的文学作品没有根本性的区别，只是传播媒体从报刊变化为手机而已，是以手机发送为传播形式，以格言体为基础的短小精悍，时效性、文学性并具的文学新样式。与短信文学相关的标志性事件是：2004年6月，《天涯》杂志和海南在线"天涯社区"等单位联合举办全国首届短信文学大赛，吸引了大量混迹于网络的写字青年；2004年8月初，广东作家千夫长创作的4 200字的手机小说《城外》，被电信运营商华友世纪通讯公司以18万元的高价买断版权，并由春风文艺出版社出版；2004年8月底，知名短信写手戴鹏飞号称"中国首部短信小说"的《谁让你爱上洋葱的》由中国电影出版社出版，并被新浪网购得两年无线版权。随着移动互联网的发展，当内容消费普遍从PC端转移至移动端时，"短信文学"的提法也慢慢销声匿迹了，无论是从媒介还是内容上，"短信文学"的说法并不能支撑起一种单独的新鲜文类，它更像是前网络时代的民谣、段子、民间小故事等形式，在移动互联网端的呈现而已。

  新媒介催生了新的文学种类，改变着当下中国文学版图格局。并且这个版图格局还在不断变动中。自王晓明教授撰文《六分天下：今天的中国文学》①，距今已近十年，中国当代文学的天下又是一番新景象。今日之文学版图格局，大致呈三足鼎立之势：严肃文学、畅销书文学和网络文学。前两者可归为纸面文学，严肃文学延续自1980年代以来的期刊文学，继承了新文化运动以来的"现代文学"传统；畅销书文学是商业图书出版机制下以打造畅销书为目标的纸面文学；网络文学又可细分为原创文学网站机制下的网络

---

  ① 王晓明：《六分天下：今天的中国文学》，《文学评论》，2011年第5期。昔日王晓明教授将中国文学地图分为：严肃文学、反抗的文学、新资本主义文学、网络文学、短信文学、博客文学等。

类型小说、自媒体和跨媒介平台的文学存在。三者各自适用于不同的市场逻辑。

多年前网络文学已占半壁江山，如今更以燎原之势，成为这个时代的文学主角。其中以网络类型小说和自媒体文学为甚，较之严肃文学和畅销书文学，这是完全不同的文学类别，在文学生产方式上与传统纸面文学有本质的区别。这种区别并不是从一开始就显现出来的，它在世纪之交经历了一个因由媒介变迁而逐渐演变的过程。

第二节　媒介变迁、审美转向与作家群落分化

以打工文学为个例可以窥见媒介变迁之际文学生活如何转向的轨迹。"打工文学"的狭义界定是："所谓打工文学主要是指由下层打工者自己创作的以打工生活为题材的文学作品，其创作范围主要在南中国沿海开放城市。"因作家原初的"农民工""打工者"身份，他们被称为"打工作家"。以之为个例，是因为打工文学的特殊性：既保留了严肃文学（纯文学）的写作范式，又搭乘了文学期刊市场化改制的"东风"，以读者需求为导向，自负盈亏，因而在新媒介时代到来时，对市场的反应比较敏感。

打工杂志是打工文学兴起和发展的重要传播媒介，1980年代末部分文学期刊在市场化转型过程中确立了打工杂志的定位，面向打工族发表打工者创作的反映自身打工生活的文学作品，由此第一代都市新移民从工厂的流水线出发借助打工杂志获得了都市生存空间和作家身份认同，也促成了打工文学在珠三角的流行。然而这一切在2005年前后发生了转折：打工杂志构成的话语表达空间和亚文化认同空间走向衰落，依靠传统文学期刊媒介发表的

文化平台受限,"打工作家"生存艰难,迫使这个新的都市文化群落在时代和命运面前不得不进行又一次选择。

尤其是2003年以起点为代表的原创文学网站建立VIP赢利模式之后,文学期刊、文化期刊普遍走向萧条,打工杂志也在转型中走向分化、消亡;打工文学的受众人群结构和审美趣味也开始走向多样化,传统的打工文学作品已经不能满足他们的审美需求。文学传播媒介变迁和受众审美趣味的结构性变化给打工作家的生存和写作带来了挑战。在生存危机中打工作家群落开始转型走向分化:或走向主流文学圈,或走向新媒体文学市场,或因生存艰难改行放弃了写作。

打工文学的个案是中国当代文学发生裂变重组的重要表征。在王晓明先生所述《六分天下:今天的中国文学》①中,并没有包含打工文学的种类,因为它既不属于传统意义上的纯文学,也不属于以郭敬明为代表的"新资本主义文学",在当代文学版图格局中找不到它的位置。但考察它的变迁过程却是探索中国当代文学文化业态变化的重要路径。

第三节 打工杂志的命运:从分化到消亡

打工杂志走向衰落的时间点在2004年年底和2005年,也就是2005年前后。1999年来自江西的"80后"诗人池沫树②到东莞打工,目睹了打工杂志最后的"余晖"。他在《大鹏湾》《西江月》《佛

---

① 王晓明:《六分天下:今天的中国文学》,《文学评论》,2011年第5期。
② 池沫树,1980年生,江西宜丰人,1999年高中毕业后到东莞打工,做过搬运工、流水线工人、油漆印刷工、橡胶打料工、仓管等。作品在《诗刊》《青年文学》《星星诗刊》《诗选刊》《广州日报》和《都市文萃》等刊物发表,散文《桔子小鸟》获得2009年冰心儿童文学新作奖大奖。2011年3月接受采访时,池沫树正处于失业状态。

第一章
文学"春秋战国":新媒体与多元文学版图格局

山文艺》《江门文艺》等杂志发表文章,因为"这些杂志曾在2005年前书报摊到处可见,偶尔看到同事阅读拿来看一下。当时的杂志如《江门文艺》《佛山文艺》卖得很火,我有买过的是《佛山文艺》,有小资的味道"。综合池沫树和十多位打工作家的访谈可得知两个信息:首先他们所感受到的打工杂志从红火到衰落的时间点是2005年,在工业区的工厂或打工杂志打工了十余年,他们对打工杂志在地摊和工厂宿舍的阅读和畅销体验比较可靠;其次《佛山文艺》在2000年代已开始转型,受众定位从产业工人的打工文学趣味向都市小资趣味靠拢。在走向衰落之前,打工杂志就已经开始走向转型与分化。

这次转型是继20世纪80年代末90年代初文学期刊改版潮以来,中国当代文学期刊面向市场的又一次大调整。20世纪80年代末以来,打工杂志为珠三角都市新移民提供了满足其阅读趣味和审美娱乐的文化产品,初露文化产业角色定位的蓬勃生机。体制内的传统文学期刊依靠国家财政补贴才能勉强维持生存。20世纪90年代末,由于国家财政的全面抽离,传统文学期刊普遍进入生死存亡的时刻。[1] 1999年各大文学期刊一亮相,人们发现,几乎所有的文学期刊都以同样的新面目出现,主要的变化是"文化凸出,文学淡出"的"范文化"倾向。这场转型被学者称为"世纪末文学期刊生存空间的最后拓展"[2],一方面它是文化生产机制面向市场深化改革的结果,另一方面也意味着都市文化的内在审美结构和美学趣味发生了变化。2000年代最初几年,都市情感文学、时尚、女性生活杂志占据大小报刊亭的半壁江山,拥有都市新移民

---

[1] 楼岚岚,张光芒:《期刊改版与90年代以来的文学转型》,《南京师范大学文学院学报》,2005年第3期。

[2] 杨启刚:《世纪末:文学期刊生存空间的最后拓展》,《出版广角》,1999年第5期。

庞大受众群体的打工杂志明显感到市场的压力,不得不重新评估杂志的受众和定位。

在打工杂志阵营,《佛山文艺》旗下杂志率先向"纯文学"的回归最引人瞩目。早在1997年,主编刘宁就明确提出《佛山文艺》的名牌战略,与《上海文学》《中国作家》《大家》等主流文学期刊合作;2006年《佛山文艺》携手《人民文学》《莽原》、新浪网联合举办"新乡土文学征文大赛"。① 学者贺芒认为《佛山文艺》的这一系列举动,在推动打工文学的同时,也在推动知识分子写作的民间化,将知识分子作家的视域向下拉动。与主流文学期刊合作,借纯文学名刊之力扩大影响,实现"自下而上"与"自上而下"生产机制的对接。② 而实际上,这些宣扬新的美学经验、带有"美学实践"和"美学革命"的活动,是《佛山文艺》在20世纪末文学期刊生存空间的拓展中一次犹豫不决的转型,与其说推动了知识分子写作的民间化,不如说是《佛山文艺》摆脱"地摊文学"的身份转向更"高雅"的文学身份的举措。池沫树所述"有小资的味道"也意在此,其受众定位由打工族群体转向都市更多的主流人群,迎合的不再是打工生活的情感经验和审美趣味,而是向精英趣味靠拢,其上述行为是为了跻身精英名刊杂志的行列,进入纯文学体系。

相比之下同属佛山传媒集团旗下《打工族》(原名《外来工》)的转型就高调得多。2004年,《打工族》宣布回归纯文学道路,被视为"打工文学向纯文学回归"的标志性事件。③《佛山文艺》和《打工族》的转型并不是偶然的个案,当凭借"打工杂志"的标签获得了庞大的市场之后,书商运作的打工杂志开始纷纷抛弃"打工"品牌。2000年代初打工杂志纷纷转型,譬如曾经风靡一时的广州《飞霞》

---

①② 贺芒:《〈佛山文艺〉与打工文学的生产》,《文艺争鸣》,2009年第11期。
③ 郭姗:《打工文学20年——"我们并不沉默,只是没人倾听"》,《打工文学备忘录》,杨宏海主编,北京:社会科学文献出版社,2007年,第372-381页。

杂志确立了都市情感杂志的定位。

2004年,具有标杆意义的打工杂志《大鹏湾》的最终停刊,是打工杂志全面走向衰亡的标志性事件。在此之前,《大鹏湾》经历了体制内的文化管制和市场的经济规律重压下的重重波折,而每一次波折又将一批打工编辑——打工作家卷入其中,他们的命运和这本打工刊物的兴起和衰落紧密相关。《大鹏湾》只是一份区级刊物,只能获得省里的证,属于"内刊号",只能走"擦边球"路线销售。由于没有国家新闻出版部门核发的正式公开发行的刊号,在帮助打工族获得由产业工人向作家、写手身份转变的同时,它也在努力寻求自己的合法身份。当体制内的文化管制越来越严格,"擦边球"的路线已越来越走不通。安石榴、郭海鸿、罗向冰见证了《大鹏湾》当时的窘境,为了规避出版政策的框框,《大鹏湾》选择了与其他有正式刊号的杂志"合作",合作的方式郭海鸿在访谈中介绍:

> 出现了后来与内地一些拥有正规刊号的杂志"联姻",在它上面打"大鹏湾",这样嫁接着上市销售的情况,也被叫做"阴阳杂志",用的是正规刊物的证号,卖的是内刊的名气。由于始终靠规避检查度日,时不时面临"取缔"的危机,"杂志社"没有正规的建制,主管单位不可能长期重视,最终难以坚持。

可见这种"联姻"和"嫁接"的方式也难以为继。《大鹏湾》曾和江西的《文学与人生》有过短暂的合作,继而和广西的《西江月》合作,但最终以失败告终,甚至与母体刊物"反目成仇"。因为《大鹏湾》的品牌效应,作为"母体"身份的《西江月》在封面上出现"相聚大鹏湾"的字样,在合作解体之后,《西江月》继续使用"相聚大鹏湾"字样,在市场上持续走红。当《西江月》深圳组稿处突遭查封

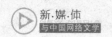

(端走电脑,扫走文件)之后,两家刊物最终对簿公堂,开始了旷日持久的"西、大之争",最后《大鹏湾》败诉。然后,"'西'继续'相聚大鹏湾';'大'继续以内刊形式面市。在两相无事的表象下,各自在市场上艰难地喘息生存"①。

《大鹏湾》号称"闯世界者的港湾",改变了许多打工者的命运,然而它自身命运多舛,没有刊号时刻面临被停刊的危险。2000年,见证了《大鹏湾》由起步到光辉岁月的三位打工编辑——安石榴、郭海鸿、罗向冰集体离开了《大鹏湾》。离开的缘由,按照罗的说法是:"主管部门也没有考虑我们的生活和工作前景,加上'正式工'们的争权夺利,我们三个临时工选择了集体离开。"接着,老主编叶崇华被下岗。随后《大鹏湾》遭遇了停刊。当重新开张时,王十月、曾楚桥、杨文冰、郭建勋等相继加入了《大鹏湾》的编辑部,张伟明任主编。然而停刊的风险仍然存在。王十月在回忆文章里写道:"我在《大鹏湾》做了四年,其中停刊两次,一次达半年之久。刊物随时面临停刊,我们的工作干干停停,既要编稿写稿,又要联系内地有刊号的刊物合作挂靠,刊物每停一次,发行量就要下去一半,又要想尽办法搞发行。前途未卜,风雨飘摇。一个北京来的骗子吹牛说有通天本事,能为我们拿到刊号,结果把杂志社上上下下哄得团团转。"②2004年,国家相关部门整顿刊号市场,《大鹏湾》突然又被停刊,这一次却是永久性地停刊了。主编张伟明接受记者采访时说,因为停刊太突然,《大鹏湾》来不及给钟爱的读者们奉献一期停刊号,甚至来不及给读者们一篇停刊辞。为了让杂志延续,张伟明曾经三次上京请示、斡旋,都没有拿到梦寐以求的特许刊号。

---

① 叶耳:《听闻〈大鹏湾〉要恢复》,http://sz1979.com:88/blog/user1/158/200632822261.html,2006-3-28.

② 王十月:《我是我的陷阱》,《天涯》,2010年第1期.

《大鹏湾》的停刊在珠三角打工作家文化群落和书刊市场中激起不小的波澜。一位打工作家说,他每次路过报刊亭,都要找找《大鹏湾》是否突然又复刊了,但是结果往往令人失望。倒是不少打着"大鹏湾"旗号的刊号大行其道。《大鹏湾》停刊后,它在珠三角打工族群体心目中的价值才突显出来。张伟明提到就心痛不已:"虽然杂志已经停刊了五年,五年来,一直还有多个版本的盗版《大鹏湾》在市场上发行、流通,他们完全模仿我们过去的办刊风格与思路,而且依旧还广受欢迎。"①离开的打工编辑,仍然没有停止关注《大鹏湾》,郭海鸿偶有听闻《大鹏湾》要恢复的消息,罗向冰在采访中说:当深圳有关部门意识到《大鹏湾》和《大鹏湾》现象的特别价值,多次试图重整旗鼓,最终无果。

　　《大鹏湾》由盛而衰比《佛山文艺》等具有正规刊号的刊物所面临的情况更为复杂。它所面临的困境在打工杂志中具有典型性:既受到体制内僵化的文化管制权力的"严刑拷打",还有文学期刊市场的"短兵相接"。它无法摆脱体制内身份的束缚,走充分的完全的文化产业道路;又因为其所走的"野路子"无法得到体制内文学权威的认同,因而得不到文化体制的庇护。从1989年到2004年十五年间,《大鹏湾》短暂地充当了都市新移民文化认同的空间,制造了打工文学、打工文化现象甚至打工作家,在一向被称为"文化沙漠"的珠三角城市,建立了都市新移民文化的"绿洲"。而由于体制内文化权力的管制和市场的严酷,这一文化品牌过早地夭折了。

　　《大鹏湾》的停刊,标志着由打工杂志所构筑的文化书写空间的解体。《大鹏湾》的消失,《佛山文艺》的转型,《江门文艺》的孤独坚守,随后几年,其他书商操作的大大小小打工杂志也从杂志市场

---

① 方晓达:《消逝的〈大鹏湾〉》,《南方日报》,2009年12月1日,第HD02版。

渐渐集体销声匿迹了。2004年3月,王十月、杨文冰和曾楚桥从《大鹏湾》集体失业后,在深圳的一家小酒馆相聚,将离开《大鹏湾》称之为"对打工文学的一次集体逃离"①,随后在31区城中村的出租屋里作起了自由撰稿人,为全国大大小小市场化的都市情感杂志撰稿,同时也瞄准全国范围内主流文学权威期刊。也在同一年,随后离开的郭建勋、戴斌与同事们饯别,有的回老家发展,有的留驻珠三角继续寻找"下一站"。郭建勋咀嚼到了"花谢席终人散的苦味","至今想来犹以为痛事者,乃是我居然成了《大鹏湾》这本杂志的送终人。"②

第四节 新媒体、受众审美趣味分化的挑战

《大鹏湾》的兴衰及至最后被迫停刊,是当代中国文学生产机制和文化生态的个案表征。2005年打工杂志的全面衰退从《大鹏湾》的停刊开始。随后,文学期刊市场在深化转型中经历了短暂的都市情感、时尚女性杂志繁荣的时代,《佛山文艺》《打工族》《飞霞》等刊物的转型就是"市场跟风",或者说"病急乱投医"的结果。这些现象表明:打工杂志的读者少了,为挽救下滑的销量,期刊不得不根据市场做出调整。

受众的审美人群结构和审美趣味的变化是其分化的原因之一。随着中国工业化、城市化和现代化进程的推进,整个中国社会的流动性加强,城乡大迁移不再被视为盲目的"流动"。"打工"成

---

① 曾楚桥:《三十一区和打工文学》,见"楚桥的博客":http://blog.sina.com.cn/zengchuqiao 16888.

② 郭建勋:《旧文化大楼》,http://blog.sina.com.cn/s/blog_5728f26b010004mg.html,2006-08-28.

为泛化的现象,打工族群体自身也在发生着分化和重组。尤其当文化出版、期刊行业被半产业化以后,众多的白领、记者、编辑、摄像等从事文化产业者,成为时代"体制外"的"文化打工族"①,"打工族"的外延发生了拓展,从相对均值单一的庞大产业工人群体,到相对异质、多元的混杂了各个行业、领域的以产业工人和小白领为主体的打工族群体。

而就产业工人群体本身而言,二十多年的城乡大迁移之后这个群体也在更新换代,1980年后出生的新生代打工族成为外出的主流,社会学者称之为"新生代民工"②。这个群体在各方面都与父辈有很大的不同,在外出动机上,老一辈打工族外出务工经商的目的纯粹是为了挣钱补贴家用;而新生代则是为了改变生活状况和追求城市生活或现代化生活方式。③ 他们或许从未下过农田,务农对他们来说已经是祖辈、父辈的传说,除了户籍制度给定的农民身份,媒体、学者的关于"新生代民工"的形象表述和话语表征,以及在流动时与城市各种文化人群的冲突、互动中,确立了"新生代民工"的身份。这种被表征、被粘贴的文化身份与实际生活中的模糊、不稳定、不确定的身份不相符,因而他们急于通过追求城市现代生活方式、文化消费以建构新的主体性、改变文化身份认同的

---

① 孟繁华:《众神狂欢:世纪之交的中国文化现象》,北京:中央编译出版社,2003年,第108页。

② 王春光:《新生代农村流动人口的社会认同与城乡融合的关系》,《社会学研究》,2001年第3期;罗霞、王春光:《新生代农村流动人口的外出动因与行动选择》,《浙江社会科学》,2003年第1期;黄广明:《新生代民工的梦与痛》,《南方人物周刊》,2005年第21期;王兴周:《新生代农民工的群体特性探析——以珠江三角洲为例》,《广西民族大学学报》(哲学社会科学版),2008年第4期;胡晓红:《社会记忆中的新生代农民工自我身份认同困境——以S村若干新生代农民工为例》,《中国青年研究》,2008年第9期;李伟东:《消费、娱乐和社会参与——从日常行为看农民工与城市社会的关系》,《城市问题》,2006年第8期。

③ 王春光:《新生代农村流动人口的社会认同与城乡融合的关系》,《社会学研究》,2001年第3期。

愿望就更加迫切。①

在新的打工族群落中,不乏由流水线上的产业工人奋斗到白领、生意人的例子。通过在城市几年的努力和打拼,最终从最边缘、最底层实现向上升的梦想。本文所讨论的文化群落——打工作家即是典型的例子。而在 21 世纪的最初几年,这种现象更加普遍。同时,漂泊在都市的底层小白领面临阶层陷落的危险,在与都市的关系上,他们和"农民工"等面临同样的问题,因而,打工族或者说都市新移民群落的异质性和多样性增强了,他们的文化身份和审美认同趋向更显示出多元化、不确定性和不稳定性。

都市新移民群落内部异质性和多样性带来了审美趣味和文化诉求的多样性。打工杂志或者说传统的以描写工厂打工生活为主的、反映产业工人审美趣味的打工文学,已经不再是人群结构变化了的、多样化的打工族群体最主要的选择。而年轻一代打工者的阅读趣味和阅读方式也发生了很大的变化,他们是被网络、手机等新媒体文化喂养大的一代。当网吧在大小工业区、城中村遍地开花时,Web 2.0 时代的网络论坛给打工者提供了更多发表和倾诉的平台。由于网络论坛的更具互动性和 QQ 聊天等即时通讯工具的便捷性,打工杂志逐渐被冷落了,它曾经所起的构建打工族互动联系、文化认同空间的作用,被网络媒体取代了。

以网络论坛、博客为阵地抒写新的城市经验和情感表达,成了新一代打工族的文化娱乐选择。从这个意义上说,网络媒体有构建新的都市新移民文化空间的趋势。打工作家的城市经验和成功经历仍然使其在打工族的文学爱好者中具有"偶像"认同的地位,然而,他们以文学编辑或文学导师的方式构建起都市新移民文化

---

① 余晓敏,潘毅:《消费社会与"新生代打工妹"主体性再造》,《社会学研究》,2008 年第 3 期。

群落的文化认同的价值,已经大大地削减了。和打工杂志相比较,在网络上倾诉和表达的门槛就低多了。珠三角新一代打工者在网络论坛出没,发表在城市打工的经验和对生活的体悟。在天涯社区城市版块的广州栏目,一位 ID 为"农民工明明"的发帖者,发表《农民工明明在城中村的穷人生活》①,引来了一万多点击率的"围观",发帖者图文并茂,展示自己在东圃城中村的生活,自称在 NASDAQ 上市公司上班,"文化不高,但懂得一些英文,有几个外国朋友。自学了一个月五笔,可以一分钟敲一百字,会 OFFICE 2007,PHOTOSHOP,还会做网页,喜欢玩单反",鞋子"ADIDAS,NIKE,LINING,BELLE 都是正品"。有网友质疑"农民还用 IBM??",遭到"农民工明明"的反驳:"谁规定农民工就不能用 IBM 啊?"当网友感叹"哎。民工都这样了。中国已是发达国家了。""农民工明明"接着叙说:"每天清晨我都要看凤凰早班车,对那些古装片(除大片)、连续剧(除大片),我一概不看,那些都是垃圾,喜欢看《国家地理》《探索・发现》等纪录片。""你是农民工么?""楼主是农民工? 如果中国的农民工都有你这样的素质,美国算什么东西!"面对网友的再三质疑,"农民工明明"再次强调自己的"农民工"身份:"偶(我)真是农民工,没骗你!!""我真来自农村,只是因为自学了电脑,上了网,才改变了我的农民思维,原来在工厂流水线的民工,现在也只是农民工。"这个帖子的楼主所竭力呈现出来的"农民工"自我形象,和社会大众所感知的都市白领的青年形象没有什么区别,却和大众媒体所构建的"农民工"整体形象存在着反差,网友的质疑也正在于此:他们对于"农民工"的想象来自媒体,因此很难把这个白领形象的"农民工"和一贯的"农民工"想象对接起

---

① 农民工明明:《农民工明明在城中村的穷人生活》,http://bbs.city.tianya.cn/new/tianyacity/Content.asp? idItem=329&idArticle=134272&page_num=1,2009-5-25。

来,因而怀疑楼主是在撒谎或炫耀。无论"农民工明明"发帖的目的是为了对"农民工"身份的反讽,还是为了改变"农民工"在公众媒体中的形象,他表达倾诉的欲望和自我形象展示的目的却达到了。

网络给予都市新移民更大的文化空间,和打工杂志相比它的传播力量和影响力更为广泛。虽然打工杂志的发表平台相对主流文学权威期刊来说,审核的门槛比较低,但和网络相比,仍然要通过编辑、杂志社等把关人的审核。网络论坛不仅抛开了编辑,掌握了更多的话语权,其快捷、即时性也带动更多的打工族群体的参与和认同。在《我的民工生涯(真实的经历)》一帖中,作者以 ID"努力向上的民工"讲述十六岁到东莞打工、罢工讨薪等经历,在接近十五万的点击率和两千多个回帖中,不时冒出这样的回复:"楼主的经历让我想起了曾经在深圳的日日夜夜,我做过搬运工,在流水线上一干就是十几个小时,感觉自己就是一个机器,没有任何的思维,朝九晚五,连明媚的阳光都很少能见到。""在外我想起了这些名字、燕平、红涛、松柏、爱平、爱军、爱华、汉平、马俊,我们都有楼主这样的感受。""感谢楼主,其实在下也是这样一直走过来的……""今天下午一口气看完楼主的文章,我虽然没有那么早的打工经历,但一样来自贫哭(苦)的农村,一样在广东打工!""我现在努力使自己变得不讨厌民工朋友,我为我以前的无知自责。""一口气看完楼主的文章,真是很感动,让我对民工这个群体有了全新的认识。"当有个 ID 回应:"民工也能到网上发帖子,社会真是进步啊",遭到了网友的一致讨伐和痛骂。①

从这个帖子可以看到,有和楼主一样经历的打工者在回应,作者以亲身经历获得了很多人的同情、支持和认同,甚至是对民

---

① 努力向上的民工:《我的民工生涯(真实的经历)》,http://www.tianya.cn/publicforum/Content/free/1/197019.shtml,2004-09-24。

工有误解和不了解的人,打破了官方主流媒体塑造的传统民工形象。随着网络 Web 2.0 时代的到来,新的打工族和都市新移民群体,选择了网络作为倾诉的平台和空间,能获得更多的回应和认同。

传统文学期刊尤其是打工杂志面临被抛弃的命运。从 1990 年到 2000 年,是打工杂志的黄金时代;2000 年打工杂志渐渐式微;2005 年之后被网络冲得七零八落,剩下二三份还在苟延残喘;而到了 2010 年,除了仍在探索中谋求生路、坚守打工文学立场的《江门文艺》,珠三角最初意义上的打工杂志基本全部关门或改弦更张了;2013 年《江门文艺》改版不久便停刊,宣告打工杂志全面消亡。在由传统印刷媒介文化向新媒体时代的过渡中,不仅仅是打工杂志,曾经辉煌一时的都市情感杂志、各种文学期刊无一幸免地遭遇了生死挑战①,文学杂志所承担的塑造共同体想象和文化认同空间的历史使命已经完成了。

第五节　作家群落分化及新生代崛起

2005 年前后,伴随着文学期刊的逐渐式微和打工杂志的普遍萧条,打工作家的处境越发艰难。首先面临冲击的是打工编辑,他们不得不重新找工作;其次是一部分靠写稿来补贴生计或做着文学梦想的写手。随着打工杂志的转型、分化和衰退,除了必须面对的生存困境,他们通过"发表"以实现文学梦想和写作价值的文化空间萎缩了,打工作家面临着维系作家文化身份认同的危机。

21 世纪初,都市文化和市民文化空前繁荣,纸质媒体尤其是

---

① 宋战利:《中国文学期刊的危机与发展机遇探讨》,《中国出版》,2010 年第 10 期。

各种都市情感杂志、女性杂志、时尚杂志以及各种文化月刊、报刊获得了短暂的黄金时代,打工作家尚可通过自由撰稿获得生存。《大鹏湾》停刊后,2005年,王十月、曾楚桥等成立自由撰稿人工作室,开始在深圳城中村专事写作。2006年,刘大程也在东莞开始了自由撰稿人的生涯。

　　自由撰稿人的通俗称呼是"写手"。为了生存,写手有时候不得不牺牲自己的个性化写作理念,甚至是必需的:为了提高命中率,写手得研究全国各城市各种报刊的栏目、风格甚至揣摩编辑的个人喜好。纪实类、采访类的稿子往往能卖出大价钱,《知音》《家庭》等纪实稿子需求量大的刊物往往成为写手们集中努力发表的目标,比如《知音》的稿费是千字千元,对于靠文字吃饭的人来说颇具吸引力。

　　打工作家从这里开始走向了分化。对于视文学为生命、为信仰的打工作家来说,文学几乎是从他们在城市漂泊的体内生长出来的,因而不愿意委曲求全写纪实类的稿子。曾楚桥从2005年开始做自由撰稿人至今,除了写小说,也不时撰写一些报告文学之类的文章,他称之为"对现实有限度的妥协"①。自由撰稿人的生存压力之大,刘大程在访谈时说:"靠纯文学意义的写作来谋生,简直难以想象,那是远远不能维持生活的。我有时也给别人写特定主题的朗诵诗和其他一些实用性文字,只要不逾写作底线。"

　　除了极少数的打工作家通过写对"现实的妥协"的文字发财致富(譬如唐新勇等)外,完全依靠自由撰稿获得生存是非常困难的。深圳的都市新移民作家卫鸦说:"在我认识的朋友当中,事实上没有任何一位作家,是通过稿费维持生活的。"刘大程自由写作的主要经济保障是来自平面设计,"有业务时我做业务,没业务时就写作,我现在的作品就是在这种状况下写出来的"。

---

① 吴永奎:《打工作家曾楚桥:文学是我的宗教》,《南方日报》,2010年11月23日,第D3版。

第一章
文学"春秋战国":新媒体与多元文学版图格局

因而,他的写作目标并非全是都市情感杂志、文化综合报刊之类,"我写诗,也写散文和小说,投给《诗刊》《作品》《民族文学》等全国有影响的刊物"。他所指的"全国有影响的刊物"即为主流文学界所认可的权威期刊,而实际上这些主流文学期刊的稿费并不比纪实稿来得快,可见他的自由写作目的并非纯粹地为了获得稿酬。

如果不想向"现实妥协",而又想依靠文学来获得生存和自由,改变加诸其身上的"农民工"、都市边缘人身份,打工作家们面临艰难的选择。并不是所有自由撰稿的打工作家都愿意为都市情感类杂志充当"写手",即使时有对"现实的妥协",更多的时候,他们仍然以主流文学权威期刊为目标。比如20世纪初打工作家群落中涌现一批优秀的"打工诗人",他们撰写打工诗歌,在大众文化时代,诗歌本身就缺少市场,1980年代出生的"打工诗人"欧阳风说:"我主要是诗歌创作。诗歌本身的稿费就低得可怜,一首诗有几十元已经非常不错,所以也从来没想过靠诗歌养活自己。"

实际上,几乎没有都市新移民作家是专职的文学写作者或自由撰稿人,当网络新媒体以摧枯拉朽之势横扫各种纸质媒体尤其是都市各类情感、女性、时尚类报刊时,写纪实稿赚大钱的时代也一去不复返了。刘付云回忆起自由撰稿生涯说:"十多年前的稿费好赚点,现在不行了,报刊越来越少,副刊的也不多,拖稿费或不发放稿费的现象也越来越多了。"在生存面前,自由撰稿对都市新移民作家来说,只是失业期间的一个过渡,或者是为了获得完全自由写作状态的一个短暂的对现实生存压力的规避。一旦面临生存压力,他们便会放弃部分"自由",先生存后发展。

面临生存压力和文化认同危机的困境,打工作家较普遍的一个选择是向体制内主流文学界靠拢,这意味着他们要走所有文学青年的老路——以在主流文学界所认同的权威文学期刊上发表作品为目标。对于长期撰写自诞生二十多年一直被主流评论忽略、甚至评价不高的"打工文学"为主的打工作家来说,这并非易事,虽然以主流文学权威期刊为目标从事写作在 1980 年代就开始了。譬如 18 岁就在《凉山文学》(1988 年 5 月)上发表小说处女作、24 岁加入广东省作家协会的周崇贤在其博客个人简介上有这样的文字:从 1988 年起至今,在《长江文艺》《当代》《人民文学》等报刊上发表文学作品 700 多万字。周崇贤曾以特殊人才破格加入中山市户籍,体现了城市地方政府对这位"体制外"年轻作家的重视。如果说进入"体制内"以获得更好的生存条件,是游离在珠三角城市边缘的打工作家打破城乡二元文化身份和待遇的梦想,那么当打工杂志所营造的文化认同空间消失之后,进入体制却是"打工作家"迫切的不多的选择之一。

一个典型的个案是王十月的写作。2004 年当得知《大鹏湾》将要永久停刊后,王十月和他的朋友们经历了一段苦闷的找不到出路的岁月:

  现实像一盆盆凉水,渐渐浇灭着我曾经的激情。我清楚,我随时可能重回工厂。而妻子没有工作,孩子眼看要上学,总之是眼前一片黑暗。有的同事利用这难得的机会自考,而我,却常常借酒浇愁。
  喝酒是常事,经常醉醺醺半夜三更被朋友架回家。有时喝醉了酒,一群人半夜三更走到海边,大笑、大叫、大哭,听崔健的摇滚。心中有太多的理想,但找不到通往理想的路。那时宝安有个大排档,排档前有几棵桂花树,我们常去那里喝酒,喝醉酒,或爬上树去,或把寻呼机扔进旁边荷塘,或把酒往头上倒。我们从晚上七八点喝到次日凌晨四五点,记得和一家报社的记者们喝酒后打过架,记得酒后在宝安的大街上顶着狂风暴雨踢翻一路的垃圾桶……半夜三更开车去布吉,醉醺醺回到办公室,当真是丑态百出。现在想来,何其荒唐。但那是我苦闷的打工岁月中曾经的真实。①

2004年,王十月开始在31区城中村的自由写作生涯。在后来接受《文学报》的采访和他的论坛、博客文字中,记载了这一段经历:他对妻子说:"给我三年时间专门写作吧""如果发现不是写小说的料儿,就安安心心做别的。"那一年,他32岁,妻子要照看幼小的女儿也没外出工作,生活压力可想而知。②

王十月给自己定了一个三年的目标,在城中村专业写作。同住在31区的打工作家叶耳曾经和王十月有过一段对话:

叶耳:我奇怪的是,你的老婆和孩子都在宝安靠你一个人养活,而你居然去专业写小说,这让我佩服的同时也感到难以理解,是什么勇气促使你下了这个决心?

王十月:基于一种狂热和自信。我狂热地相信我能写好小说,而且能单纯地靠写小说养活一家人。当然,这样的事情也是走一步算一步的,如果真的没有米下锅了,我还得去打工。

叶耳:这是一个文学完成边缘化的时代,纯文学可谓是到了"无人喝彩"的境地,文学究竟离我们还有多远?

王十月:……对于我来说,只有一个答案,文学是我的信仰。③ 我想有这一个答案就足够了。

---

① 王十月:《我是我的陷阱》,《天涯》,2010年第1期。
② 《石首王十月:从打工仔到"打工作家"》,http://liugenshenlgs.blog.163.com/blog/static/53936655200881854 14279,2008-09-01。
③ 王十月:《文学,我的宗教我的梦》,http://www.tianya.cn/techforum/Content/163/528254.shtml,2005-1-3。

从以上文字记录可以看出，王十月从事专职写作的目的，是希望以文学养活自己和家人，在珠三角城市立足，过一种自由的生活。不到万不得已，不愿回到工厂打工。这是大多数第一代都市新移民作家的梦想：完全地投入到专职写作中，并以写作为生。这也是大多数作家在失业、不如意时仍驻留、漂泊在珠三角城市的原因，和内地农村、小县城的格局以及相对封闭、缺少精神文化生活的环境相比，走在城市化、现代化、工业化前沿的珠三角城市群，无疑给了都市新移民作家更丰富的审美经验和写作素材，都市的文化生产和媒体平台也提供了更广阔的自我实现空间。然而在2005年前后，都市的社会生态和文化生态似乎是越来越不利于第一代都市新移民生存了，城市高涨的房价和房租以及生活成本、即将拆迁的城中村空间岌岌可危，纸质媒体的大面积萧条，这些因素都给打工作家群落的都市生存带来了危机。王十月的"破釜沉舟""背水一战"颇具悲壮意味，现实毕竟是残酷的。2004年，王十月在友人帮助下得到一份兼职工作，为佛山《打工族》做了近一年的特约栏目主持，家人的生活才有了最基本的保障。①

恰在此时，国家主流意识形态对打工文学递出了橄榄枝。2005年1月，首届全国打工文学奖"鲲鹏文学奖"在广州增城颁奖，标志着主流意识形态对"打工文学"开始重视和关注。② 2005年文学研究界也在一场有关"底层写作"的伦理问题大讨论中，打工文学以"底层"身份登场，《文艺争鸣》2005年第3期开辟"关于新世纪文学·在生存中写作专辑"，推介"打工文学""打工诗人"。随后打工文学作品在文学权威期刊的发表进入了一个泛化的时

---

① 王十月：《2004年哎》，http://www.tianya.cn/publicforum/content/no16/1/35316.shtml，2004-12-26。
② 周航：《打工文学研究》，广州：暨南大学中国现当代文学硕士学位论文，2006年。

期:王十月破釜沉舟终于得到了回报,2006年他连续在主流文学期刊发表三篇作品,于2010年底获得鲁迅文艺奖,被媒体称为打工文学界的"新科状元";2007年四川打工诗人郑小琼以诗歌《铁·塑料厂》被《人民文学》杂志授予"人民文学奖",被评论界认为是"打工文学受到主流认可的最高荣誉",随后萧相风、塞壬等也获得"人民文学奖"。《诗刊》《星星》等全国主流文学诗刊成为新崛起打工诗作品发表的平台。这一系列事件标志着主流文学界对"打工文学"的认可和接受,"打工文学"由被打工族消费的大众商业文学实现华丽转身,进入了主流文学研究的殿堂。

打工作家的第二个选择是以原创文学网站为主的新媒体为发表平台,通过获取大众读者的认同来实现自身的文学价值。在此笔者并非要将两条道路对立起来,或者有意陷入官方与民间(大众)二元对立的窠臼,在当下中国的文学生产机制中,这两条不同的道路,实际上是不同文学空间和文学话语系统的显现,当文学场从计划经济时代向市场经济"倾斜"、转型时①,两者的区分就越发明显。

当网络以横扫千军万马之势冲击大小文学文化期刊时,打工作家们敏锐地嗅到了一个新的文学发表平台:21世纪初各大原创文学网站的兴起。这是一个全新的媒体文化空间,部分打工作家开始在起点中文网、红袖添香网、白鹿书院、潇湘书院、晋江原创、新浪读书、天涯原创版块等平台发表稿子。当时原创文学网站还处于新生期,没有找到合适的赢利模式,因而这一时期打工作家在网络发表稿子,往往只是为了寻求发表、认同的平台,或试探网友对文学作品的反应,或为作品的出版扩大宣传以吸引书商或出版社的注意力。譬如王十月就曾经以"深圳王十月"的ID在天涯社

---

① 邵燕君:《倾斜的文学场——当代文学生产机制的市场化转型》,南京:江苏人民出版社,2003年。

区发表散文、小说以及书稿的片断,以寻求出版商。

但问题是,他们曾经在打工杂志上引发众多讨论和认同,在网络上却失去了自己的受众。王十月在天涯社区的文学帖子回应者寥寥。2005年,他将包括后来出版的《31区》在内的三部小说同时在"新浪文化/读书"连载,点击率、收藏率和投票率都不让人乐观:《31区》全本发表七万多字,总点击数是四千多;郭海鸿的长篇小说《银质青春》写深圳城中村的故事,最先以《钱风暴》的书名在起点中文网连载,情况稍好一些,但也是"'成绩'不太理想,有些寒酸"①。

一个事实是:第一代经受主流文学权威期刊和打工杂志训练的打工作家,其叙述手法、语言等已和网友的审美趣味和阅读兴趣相去甚远。网络文学的互动性和多样性对文学作品的题材、风格、审美趣味有了不同的要求,以"70后"为主体的打工作家习惯了传统文学期刊的叙述风格,如果他们的文学作品想要在网络上畅销,就必须转变写稿策略。另一个现实的问题是,当时原创文学网站并不提供稿费,写出来的稿子"有市无价",而打工作家们生存问题日渐窘迫。虽也有作家通过网络传播引起了出版商的注意并成功出版小说,但也只是杯水车薪。不可否认,确实有打工作家通过网络获得了关注和名声,比如2004年,打工诗人郑小琼开始受到关注,她的诗歌《挣扎》《人行天桥》一度在网上大受追捧。② 但也只是少数,对于大部分打工作家来说,他们当时的选择:要么继续写纯文学,以期获得主流文学权威的认同和体制内的生存庇护;要么改变文风和叙述手法,进入畅销书市场。

---

① 郭海鸿:《网络需要什么样的小说?》,http://blog.sina.com.cn/s/blog_49a1bc770100iwu2.html,2010-05-22。

② 成希,潘晓凌:《郑小琼:在诗人与打工妹之间》,杨宏海主编:《打工文学备忘录》,北京:社会科学文献出版社,2007年,第297-304页。

第一章
文学"春秋战国":新媒体与多元文学版图格局

当然,这种划分也并不是绝对的。在中国的文学产业化不充分的时代,打工作家的写作期待,获得体制内主流文学权威的认同和通过大众读者的买单获得生存保障是一致的。但在中国的文学产业尤其是网络文学卖场刚刚兴起的阶段,这两者意味着两种截然不同的文学标准和趣味分野。以大众审美趣味为导向、满足大众文化消费的文学是不被主流文学权威认同的,这包括在 1980 年代末期就流行于珠三角的"打工文学",直到兴起了 20 多年后才被主流文学界纳入当代文学研究的视野;而玄幻文学的兴起就曾被文学研究者斥为"中国文学进入装神弄鬼时代"。① 因而,当传统的打工杂志的读者群落分化和改变时,打工作家必须面临着审美趣味区分的选择。2005 年,当打工杂志衰落、都市大众文化刊物走向萧条的时候,打工作家们发现原创文学网站似乎被"玄幻""穿越"等题材占领了,连曾经以"纯文学"为标榜的"红袖添香"文学网站,也逐渐向"穿越""言情"等迎合"小女生"审美趣味的题材靠拢。如果读者的审美趣味变化或分化了,作家没有自我更新,他们生产的作品在新的文学卖场就没有竞争力。

"后打工杂志"时代打工作家有了更多的生存抉择。一批打工作家凭借写作进入了珠三角当地城市的事业单位、文化部门等,写作成为他们生活业余兴趣。刘大程说:"据我所知,'打工文学作家'有的进入了体制,比如作协、政府文化部门或其他部门文职岗位,有的转向了文化经营或其他经营,转行的原因,有的是很自然的选择,有的是本身就是功利性写作,写作的目的就是借写作来改变境遇、换取地位什么的,有的是迫于生存的压力,有的是才气的减退,等等。"徐非的体验也基本上一致:"随着打工杂志的衰落,'打工作家'用稿费维持自己的生活难以为继,有实力的'打工文学

---

① 陶东风:《中国文学已经进入装神弄鬼时代》,http://blog.sina.com.cn/s/blog_48a348be010003p5.html,2006-06-18。

作家'有的转为个体(老板)创业,有的转向从事杂志报纸编辑、记者工作,也有的被事业单位收编。'打工作家'转行的原因多是为自己工作与生活的利益考虑,一是与文字靠近,二是工资与福利待遇比在工厂好。"当然,如果可以选择,他们尽量会选择与文学、文化相关的工作。鄢文江认为:"打工文学作家真正转行的不多,就算转行,都是转到编辑、记者或是地方文化馆以及企业厂报厂刊的文化工作上来了,这样的人占了大多数,上述50多人,就有近三分之二现在还在报社、杂志社工作,其余大多都与报刊沾边,只有少数还在工厂一线工作。当然,也有自己做老板的,还有就是自由撰稿人。"

　　与此同时新生代"80后""打工作家"开始崛起,或许称之为"打工作家"并不恰当,当迁徙和流动在中国社会成为广泛的事实之后,"打工文学"也在分化中走向泛化①,出现了更接近都市文学的种类。杨宏海先生根据他多年密切关注"打工文学"的发展,提出"新生代"打工作家的说法。所谓"新生代"是指一批出生于70年代末80年代初的年轻"打工作家",他们在教育程度、社会环境等方面与以往的打工作家有很多不同,因此他们的创作、取材等方面也更多元化。代表作家有在《人民文学》发表《词典:南方工业生活》(原名《南方词典》)的萧相风、在《作品》发表《彻底消失一阵子》的陈再见等"年轻人"。② 通过"新媒体等手段创作""商业性""时尚性",是"新生代"作家最显著的特点。

　　这批新生代的写作从描写产业工人生活为主逐渐过渡到都市大众打工生活,他们从一开始就呈现多元化的创作趋势。譬如萧相风的《南方词典》最初在"奥一网"连载,在"第三届深圳原创网络

---

　　① 徐贵芬:《论"打工文学"的生存书写》,长春:东北师范大学中国现当代文学硕士学位论文,2008年。
　　② 杨宏海,方晓达:《未来的打工文学还会有惊喜》,《南方日报》,2010年12月7日,第HD2版。

文学拉力赛"中获得非虚构文学类冠军，又以《词典：南方工业生活》为名发表在《人民文学》进入主流文学界；东莞打工青年以"天涯蓝药师"的ID在天涯发表《睡在东莞》，揭露东莞色情服务业，由此引发"东莞书案"，"天涯蓝药师"也因此一炮而红，成为网络流行文学的新宠。其次，新生代大部分人的创作手法更接近都市流行小说的叙事。"新生代"的知识结构、都市生存经历和文学经验，和以往"打工作家"不同，且他们脱颖而出的年代，主流纯文学刊物和打工杂志都逐渐式微，因此，他们的写作较少受到"纯文学"的审美规训，一开始就以网络等新媒体作为文学卖场，这使得他们的写作和后期转型的"打工作家"相比，更能赢得更广泛网友的支持。比如，"六月雪"的成名作《东莞不相信眼泪》，最初便是通过天涯社区连载，吸引了出版社的注意，他的小说一版再版，无论在原创文学网站还是在传统纸质出版领域，都赢得了读者的认同。

  2005年前后文学传播媒介的变迁和文学空间的裂变给作家创作带来了深刻的变化，打工作家和打工杂志的命运在某种程度上实现了同构。打工杂志时代曾经稳定的打工作家群落走向了分化，不同职业道路、从事不同审美趣味写作的作家，也将面临文化身份的再一次分化与重构：一部分打工作家发现在新的文学市场机制下，他们失去了大众读者，于是走向了主流文学圈；一部分则在探索中走进了他们并不太熟悉的原创网络文学空间。当然他们还有一个选择，就是远离文学，放弃成为一个"作家"。新生代"打工作家"一开始创作便呈现多元化、时尚化、都市化的特点，更符合当下打工族的文学审美趣味。"打工文学"的内核特质在此发生了变化：由打工者抒写打工者自己工厂流水线生活为主，转向不同的写作空间，一面是主流权威期刊的严肃文学纯文学，一面是新媒体时代的都市商业文学。传统意义上打工杂志时代的打工文学在这种趋势中逐渐走向了衰落和消亡，慢慢融入新的文学版图格局。

第二章

中国网络文学发展简史

华语世界网络文学的发展,经历了北美华人留学生的海外网络文学滥觞,到中国大陆本土网络文学的探索草创期及至繁荣发展阶段,再以成熟的新媒体文学生成机制和运营模式输出到海外网络文学市场。中国大陆的网络文学发展大致可以划分为三个阶段。第一个阶段从1998年到2003年,是原创文学网站艰难探索、自由草创期,这一时期的网络文学带有玩票性质,"纯文学"的痕迹明显,商业线下出版是网络文学主要的盈利模式。第二个阶段是从2003年到2015年,是网络文学商业化变革与类型化发展时期。这一时期找到了原创文学网站的盈利模式并形成了整套成熟的网络文学生成机制。第三个阶段是从2015年开始至今,承接了第二个阶段对网络文学内容的价值最大化改编,将网络文学纳入IP化运作的文化产业链渠道,并开始网络文学的翻译和海外传播,网络文学在世界文学视野下得到新的发展和被给予新的评价。

第一节 网络文学的海外滥觞

网络文学最初是怎么兴起的?网络技术最早繁荣于北美,世界范围来看网络文学滥觞于北美,发展于日韩,兴盛于中国。时至今日,网络文学最繁荣之地在中国大陆。简要回顾中国网络文学二十年来发展的简史,可以看出:中国网络文学经历了不同的发展阶段,每个阶段网络文学的生产平台和网络文学本身都呈现出不同特点。

国外网络文学最早出现于北美。1990年代,北美网络文学步入成熟。计算机PC端普及不久人们热衷于在网络BBS公告版上发布帖子:电脑桌面上弹出个黑色的小屏幕,在上面轻敲键盘留下一串串白色的字体。随后又逐渐在BBS上连载小说。这种小说以"故事接龙"的方式展开。比如加拿大12位作家"故事"接龙;美国45名作家合作完成"故事由谋杀开始",比如由一位作家起个开头:一个艳阳天,一对情侣来到湖边划船,傍晚归舟,船上只有男青年,女青年却不见了。故事接下来由第二位作家继续往下编,这种写作方式让人充满了新奇感,你永远不知道接下来的一个人会想象出什么样的故事。可见早期的BBS网络写作就带有游戏的性质。

日本、韩国的网络文学大约在世纪之交得到发展。金浩植的《我的野蛮女友》经由线下出版商纸质出版后,被改编为电影传入中国红极一时。差不多同时期被引进中国的还有韩国网络小说纸质版本《菊花香》,其字里行间轻松、明快,带着青春时尚的淡淡气息,打动了无数中国青年。这一时期的日韩网络文学保留了网络原始的聊天记录,带有鲜明的网络口语化色彩。如《我的野蛮女友》其中一段:

　　(-,.O):我够可怜了吧?? 让我坐会儿!
　　(-_-+):连这都受不了,还算男人吗?
　　(^_^"):你看看,我都出冷汗了!
　　(。):让我扁你一顿就让你坐下,怎么样?
　　(^,^):哈哈! 那……你坐……你坐!

2001年,韩国网络新生代、偶像作家可爱淘的网络小说《那小子真帅》开始连载,受到中小学生的热烈追捧,一经发行便畅销200多万册,从韩国火到中国,长期占据各大书店畅销榜的宝座,中国书商纷纷模仿可爱淘的网络青春校园小说,掀起了一股"那小子"浪潮。可爱淘的网络小说语言轻快、生活化,故事节奏感强,带有日本漫画的风格,明显借鉴了漫画的表现手法。随后小说被改编成电影,亦风靡一时。可见,韩国网络文学一开始便和其影视产业结合,融入了文化产业发展链条。

日本网络文学的产业化也很突出,一开始便运用了"书+网络+手机"的模式。2003年风靡日本的"手机小说"《深爱》是石田衣良创作的网络小说。石田衣良运营着一个手机网站,为了宣传自己的网站,他自己开始创作网络小说,放到网站上,吸引了无数读者,同时也宣传推广了他的网站。

世界范围内的华语原创网络文学是从海外开始的。最初是以网络新闻组和电子文学期刊的形式出现,由海外中国留学生发起。"1991年4月5日,全球第一家中文电子周刊《华夏文摘》,在时代风云激荡的思国怀乡深情中应运而生。"为了排遣身处异国他乡的思国怀乡的愁绪,他们开始在网络上发表用中文写就的文字,一开始没有更多的考虑。少君便是他们其中的一个,作为定居美国的华文网络作家,少君后来回忆美国印第安纳大学出现的互联网新闻组:"1993年,海外华人为了能够在网络上找到一个以中文作为交流的地方,在 USENET 上开设了 alt.chinese.text(简称ACT)。在中文国际网络上,ACT 是经常被提起的一个名词,它是互联网新闻组 alt.chinese.text 的简称。ACT 是国际网络中最早采用中文张贴的新闻组,可以说,有了 ACT,才有了所谓的中文国际网络。"又说:"1993、1994年的两年间,ACT 这个新闻组特别活跃,参加新闻组的大部分都是学理工的留学生,而且主要玩主大

第二章
中国网络文学发展简史

都是温哥华的。最初不过是非常想家乡,非常想读方块字,读多了,自然也会和朋友交流。而网上的交流只得写。众所周知,网络上的交流是非常方便的,往 BBS 上贴个帖子,你的声音就会被不知多少人听见。打个不太贴切的比方:像'文革'中往专栏上贴大字报,但是又比贴大字报方便得多、有影响得多。都是海外留学生的课余、业余创造。海外网络文学有着校园文学、留学生文学的许多特点。而且由于作者基本上都是理工科出身,其实谈不上具有多少专业性。难能可贵的是,他们的创作没有流俗,更没有半途而废,虽然很难产生巨作,却也不乏珠玑之篇。"①

除此之外,海外华人留学生还创建有诸如《新语丝》《橄榄树》《花招》等网络文学电子期刊,代表作家是图雅、少君、方舟子,图雅因文字带有京腔和痞味被称为"网上王朔"。如少君所述,海外华人早期的网络文学创作者以理工科学生居多,如少君本人是北京大学物理系毕业,方舟子是生物学博士。早期海外华语网络文学一诞生便具有精英化的气质,作者均为留学海外的本科、硕士甚至博士,这使得华语网络文学的起点非常高;第二个特点是大多为理工科出身,没有经受过专业文学创作的训练,他们的语言相对来说更为鲜活,这个特点贯穿网络文学发展的始终。

中国本土网络文学从何时开始发端?2018 年 3 月,中国作协网络文学委员会联合上海市新闻出版局、上海市作家协会、阅文集团主办"中国网络文学 20 年发展研讨会",会上发布"中国网络文学 20 年 20 部优秀作品·20 名优秀作家"的推选结果。由此一般认为,中国本土网络文学是从 1998 年开始的。因为恰好在这一年,台湾网络文学经典作品——痞子蔡创作的《第一次的亲密接

---

① 见南帆:《游荡网络的文学》,《福建论坛》(文史哲版),2000 年第 4 期,第 15-22 页。此系少君在厦门大学、福建师范大学所作有关"网络文学"的演讲:《第 X 次浪潮:网络文学》。

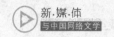

触》,于 1998 年在 BBS 上开始连载,一时间风靡海峡两岸,出版印刷的纸质版本畅销 350 万册。《第一次的亲密接触》写了一个今天看来非常俗套的爱情故事:男主痞子蔡和女主轻舞飞扬在网络 BBS 空间相遇,在网络聊天中两人互生好感,但男主却因为害怕网络"见光死"而一直不敢与轻舞飞扬在现实中见面,选择了逃避。后来轻舞飞扬得了绝症,痞子蔡终于第一次在线下见到了这个美丽的女孩,轻舞飞扬最终离开了人世。世纪之交,BBS 和 ICQ 等互动网络聊天平台开始在中国本土普及,这个动人的纯爱故事因为发生在网络互动平台,爱情邂逅模式让当时的青年感觉格外新奇,充满代入感,成为一代人心目中绕不开的经典。今天我们谈论网络文学发展史,痞子蔡也是绕不开的经典作家。有趣的是,痞子蔡(原名蔡智恒)是台湾成功大学水利工程博士,也是理工科出身。

第二节 文学网站艰难探索自由草创期
(1998—2003 年)

中国本土网络文学的发展和其平台——原创文学网站的发展密切相关。根据不同阶段的特点,中国本土网络文学的发展历史大致可以分为三个阶段。第一个阶段大致是从 1998 年开始至 2003 年,是中国原创文学网站艰难探索期+网民网络自由狂欢写作期,属于文学玩票阶段。

作家在原创文学网站的创作是自由的、无拘无束的,同时也是无偿的,除了可以获得象征性的荣耀感,没有任何报酬。代表性的网站有榕树下、红袖添香、起点中文网、天涯读书等等。据统计,2001 年前的大陆原创文学网站,以文学命名的综合性文学网站约

300个,除榕树下,还有黄金书屋、橄榄树、新语丝、网络文学在线、白鹿书院等,以及差不多同时期兴起的大大小小的网络小说网站与论坛,如多来米中文网、博库、龙的天空原创联盟网站、幻剑书盟、翠微居、读写网等等。

　　国内原创文学网站很多是从个人网页发展起来的,比如早期网络文学的集结地榕树下。1997年,美籍华人朱威廉怀揣着一千多万美金创立了个人主页榕树下,后来开始接受投稿。严格说来,如果以朱威廉创立榕树下作为中国本土网络文学诞生的标志,那么中国网络文学史的开端还要再往前推一年。榕树下访问量翻倍增长,有一天网络供应商找到朱威廉:"你知道一天有多少人来看你的网站么？独立IP访问突破10万。"1999年8月,朱威廉正式成立公司,办公地点在上海静安区高档商业大楼建京大厦。中国网络文学梦想之树从此扎根大地深处,慢慢向外延伸疯狂生长成今天这般枝繁叶茂的模样。

　　榕树下造就了一个时代的传奇。被称颂为大陆网络文学的"五匹黑马"均诞生于此:炒股失败的宁财神(代表作:《武林外传》《大笑江湖》)初供职榕树下;走进门对面坐着他的同事——网站主编李寻欢(原名路金波,知名出版人,代表作《粉墨谢场》);北邮博士邢育森(代表作:《东北一家人》《家有儿女》)在榕树下写作,后名字"化身"宁财神《武林外传》中的"邢捕头";编剧俞白眉(代表作:《闲人马大姐》《网虫日记》)也是榕树下的作者,后客串《武林外传》中的"窦先生";安妮宝贝早期在榕树下写作,2000年出版《告别薇安》一举成名。据传当时17岁的郭敬明特地跑到榕树下编辑部,就是为了一睹安妮宝贝的模样,其后郭敬明也开始在榕树下写作,笔名"四维"。1999年秋,榕树下在上海南京西路举办首届网络原创文学大赛,最佳小说奖得主是以《性感时代的小饭馆》出名的尚爱兰,奖品是赠送一家到杭州千岛湖游玩。其间尚爱兰的女儿活泼好动,作家们凑上去逗问:你叫什么名字? 小女孩头一扭:我叫蒋方舟。① 第二届最佳小说奖得主是一个名叫曾雨的年轻人,他以笔名"今何在"写出了网络文学第一书《悟空传》,据传他的高中同学名叫喻恩泰,高中时代今何在就常常写剧本给喻恩泰演戏,后来喻恩泰化身《武林外传》中的吕秀才红遍大江南北。

  一个全新的文学世界正在向人们开启。大榕树的绿荫下,各式各样的野生文学种类潜滋暗长,各式各样的写手将心中隐藏的文学梦想随意抒发。在权威文学期刊主宰文学评审权的时代,通往文学梦想之路相当艰难,而榕树下则可以将心中所想变成正楷字体发表供全网阅读,这是多么让人兴奋的事情。尽管榕树下也有自己的编辑部负责审稿,也因此被誉为"网上《收获》",但榕树下有自己的审稿标准。朱威廉招聘编辑人员时就表明了他的文学观念:不要再把文学放到至高无上的地位,不要觉得深奥看不懂的才是真正的文学。长期以来,纯文学越来越让人读不懂,作家在追求"自我"的路上渐行渐远,越来越偏离了大众,文学成了小圈子的自娱自乐。榕树下的出现是对当代文学越走越偏的反拨,宣告了一个时代的来临:网络上人人都可以是作家。

  榕树下帮助无数文学爱好者美梦成真,从文学玩票摇身一变成为职业作家、编剧。除前面所述网络文学早期的五匹"黑马",从榕树下走出去的优秀作家有:郭敬明、韩寒、蔡骏、今何在、燕垒生、饶雪漫、慕容雪村、步非烟、沧月、方世杰、四丫头等等。榕树下最辉煌时拥有 450 万注册用户,每日投稿量 5 000 篇左右,另有 300 多万篇存稿;举办了五届网络文学大赛,最多一届参赛稿件 30 万篇。所请评委皆为当代文学界的名家,如余华、苏童、王安忆、王朔、阿城、陈村、麦家、邱华栋、李敬泽等均曾出任大赛评委,其声势

---

① 摩登中产:《网络文学 20 年,无人再识榕树下》,https://www.toutiao.com,2019-10-1。

吸引了全国数百家媒体的关注,一时榕树下意气风发,以之为代表的"网络文学"现象引发全国大讨论。

其时榕树下的员工们也拥有过欢乐时光:宁财神和李寻欢月薪2万元。公司成立两年内榕树下快速扩张,员工突破200人,在北京、广州、重庆等地设立分公司,办公地点均在当地黄金地段的五星级写字楼。阿里巴巴员工蔡伟是原榕树下编辑,他回忆起那段岁月时说:榕树下改变了我的人生。

然而好景不长,榕树下在当时并没有找到合适的盈利模式。公司所得要依托于出版实体书、报纸、电台等的合作,此外获得一些图书出版、广告收入。庞大的网络文学仍然依赖于传统媒介的渠道输送才能盈利。公司的开销却与日俱增:2000年前后,编辑总部有20余名全职、兼职编辑,平均每个栏目设有2～3个编辑负责审稿。此外,举办网络文学大赛也投入不小:请评委、作者均需要花费。有人估算过榕树下的收支:"每月投入为90万～100万元,收入却只有30万～40万元,所耗资金完全靠朱威廉个人出资。"也就是说,榕树下网站的维系全靠朱威廉往里"烧钱"。2001年榕树下举办完第三届网络文学大赛,终于支撑不住,2002年被美国媒体公司贝塔斯曼收购,2006年又被转给民营集团"欢乐传媒"。之后,榕树下便退出了网民的视线,在网络文学江湖上销声匿迹了。

而今"90后"出生的年轻作家和网民早已不识榕树下,只听闻"江湖"上留下榕树下的传说。榕树下以"生活、感受、随想"为文学理念,挑战着当时文学圣殿的经典权威秩序,庇护了早期野蛮生长的网络文学,至今经历过榕树下的人们回想起来仍然体味着榕树下给予的美好、梦想和理想。可惜,榕树下最终因为没有获得持续的资金供给而过早地衰落了:2001年"9·11"事件后,朱威廉的海外谈判被取消,境外资本被撤回;安妮宝贝带头尝试电子付费阅读,然而一切的尝试和努力均宣告失败了。当时的人们并没有养成为网络上的文字付费阅读的习惯,非盈利、无功利的写作不能给作者带来面包,何以情怀,何以诗和远方?如何靠网络文学来赚钱?如何在新媒体场域下找到合适的盈利模式和文学制度构架新模式?榕树下个案,展示了原创文学网站在草创时期的艰难探索。

早期原创网络文学网站中,比榕树下诞生晚两年声名渐显的是红袖添香。1999年,23岁的孙鹏等创立了个人网页"红袖添香",取"红袖添香夜读书"之意,之后发展成原创文学网站。2005年之前的红袖添香,还是一个以纯文学著称的文学网站,声称绝不在页面打广告,破坏阅读的观感;网站的文学分类也是传统的小说、散文、诗歌和戏剧等类别划分,聚集了一大批文学青年在此开通个人文集。2002年,林庭锋、吴文辉等几位20多岁的年轻人创建了起点中文网,以"读书在起点,创作无极限"为口号,号称要做中国自己的幻想文学,吸引了奇幻和玄幻文学爱好者。

1999年,中山大学毕业的邢明建立了天涯社区。一开始天涯社区只是海南在线的一个小小栏目,后来逐渐发展壮大,成为全球华人知名分享性社区。天涯社区秉承了《天涯》杂志"大文学""范文化"方向,并不是纯粹的文学网站。最初比较知名的版块是"天涯纵横",后更名为"关天茶舍",带有思想性,卧虎藏龙之地,汇集了大学教师、海内外民间知识分子、报刊编辑记者、出版人、作家、自由撰稿人等。早年从这里走出去的作家有:陈村、老冷、宁财神、十年砍柴、慕容雪村、王怡、古清生、步非烟、五岳散人、陈岚等。真正诞生网络文学经典之作的版块是"天涯杂谈""煮酒论史""莲蓬鬼话"等等,如:当年明月的《明朝那些事儿》、慕容雪村的《成都,今夜请将我遗忘》《天堂向左,深圳往右》《满城衣冠》《原谅我红尘颠倒》、南无袈裟理科佛的《苗疆蛊事》、亇三的《我当道士那些年》。

早期原创文学网站都经历了榕树下对持续盈利模式的艰难探

索。在市场培育起来后，所有的原创文学网站都面临发展向何处去的问题。特别是2002年至2003年间，文学网站又遭遇互联网产业的"马鞍形"增长趋势，人们普遍认为互联网经济不过是红极一时，互联网去泡沫化的时代来临，纷纷缩减投资。天涯社区最初的盈利模式是用优质的内容吸引广告投放，加上其又赶乘了网络Web 2.0时代的东风，拥有可观的流量和访问量，在其他各大原创文学网站艰难探索之时，天涯社区却越来越风生水起。然而，榕树下和天涯社区都没有找到原创网络文学变现的新型盈利模式。榕树下依靠传统出版渠道收入微薄，天涯社区的作品往往是书商直接和作者商谈出版事宜，网站给了作者平台，作者给网站带来流量，双方是平等合作关系。早期也有其他文学网站尝试付费阅读，比如博库网、读写网、明杨·全球中文品书网等尝试收费阅读，均告失败。早期网民没有养成网络文学付费阅读的消费习惯，版权意识薄弱，当红网络小说盗版在地摊上随处可见，网站和作家都遭受了经济损失。

中国原创网络文学发展早期，网络文学这样新鲜的野生文学品种，在自由、狂欢、混沌、迷茫等情绪中野蛮生长起来。然而文学的自由纯粹又需要强大的经济基础作为后盾，用网络文学赚钱必然又会被资本所裹挟，颇似庄子"泽雉"的处境：野外生存艰难但拥有自由，被关在笼子里吃喝不愁毛色鲜亮但失去了自由。网络文学的"泽雉"状态并没有持续多久，随着原创文学网站盈利模式的探索，一个新的阶段到来了。

第三节　网络文学商业化变革与类型化发展（2003—2014年）

中国原创文学网站发展的第二个阶段是从2003年至2014

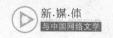

年,这一阶段的显著特点是原创文学网站进入商业化转型期,逐渐建立起一整套成熟的、适应新媒体革命的网络文学生产机制,随之而来的是网络文学类型化发展。

2003年10月10日,起点中文网开创了文学网站VIP制度,开始实行原创文学作品网络版权签约制度。起点中文网借鉴了腾讯QQ、手机移动包月支付功能,通过特殊的VIP制度链接读者和作家。首先,作为读者,免费阅读网络小说20多万字后,如果还愿意继续阅读,可以花2分钱阅读千字的代价,继续购买阅读剩下的VIP章节。和实体书几十元乃至上百元相比,这个价格看上去似乎更容易让人接受。读者还可以选择包月服务,每个月花费15元可以订阅起点所有小说,因有移动包月、QQ包月服务的先例,这样的付费阅读似乎也不过分。尤其是作品或作家的铁粉,如果真心喜欢,不会吝惜花费十几块钱去追自己喜欢的小说。网络文学免费午餐的时代过去,文学消费的时代来临。其次,作为作者,在网上写作获得收益不是梦想,再也不必等到人气积累之后获得纸质出版商的垂青。VIP制度实行初期,为了吸引作者驻站,起点承诺将读者订阅所得稿酬全部归作者,平台有了一定号召力之后,网站和作者三七分或者五五分,取决于作者的资历和人气。吴文辉的想法是:"为所有愿意写作和想写作的人提供一个平台,为他们找到他们的购买者,包括网络上的电子图书的购买者,进一步接着为他找到他的图书购买者,和由图书所衍生的所有其他版权的购买者。"

这一看上去不起眼的制度,平衡了作者、读者和网站的利益关系,意味着文学网站体制性变革的开始,对中国网络文学的发展具有革命性的意义。首先,这一制度使得原创文学网站终于找到了合适(至少在当时看来最合适)的盈利模式,在互联网经济寒冬中存活。其次,它彻底改变了文学生产的逻辑,或许审稿编辑的眼光重要,但读者的需求和趣味更加优先——因为他们用真金白银选出排行榜上的作家作品,读者即是衣食父母,网站和审稿编辑也不会和衣食父母过不去。纸质文学期刊的编辑作为文学把关人,用自身的文学权威和经典评价标准筛选出符合其审美预期的作品,文学期刊编辑和作者的合作把控着文学生产的关键环节,如今关键环节由读者(粉丝)和作者的互动关系替代。——这意味着网络文学评价标准的锚定将发生变化,甚至趋向更加多元化;将催生更加满足市场预期和个性化审美趣味的文学品类,文学真正从"供销社"经济时代走向"文学大超市"时代——应有尽有,任君选购。整个网络文学生产机制也在调整中转型(参见第三章论述)。说句题外话,或许影响更为深远的是:在此之前很少有为网络上文字付费的先例,VIP阅读培养了消费者为文学买单的习惯,为后来的自媒体经济和知识付费经济奠定了基础。

VIP制度极大地激发了民间草根的文学创造力。看几组数据就知道了:起点中文网"在VIP会员的踊跃订阅下,VIP优秀作品已经达到10元/千字的稿费水平,订阅成绩最好的作者在本月里已经收入超过千元的稿费"。2005年7月,当月签约作品稿酬发放突破100万元;2006年,起点日点击率超过1亿次,年利润接近3 000万;2006年,百度整理统计网络小说排名,前10名中起点包揽8本,前三位全是起点的作品;"2007年网络文学高峰论坛"授予起点"最佳原创平台""网络文学杰出贡献奖";2008年上半年,起点收录原创作品达20万部,总字数达120亿字,拥有驻站作者15万余人,每月以8 000人数量增长;每日页面访问次数为2.2亿次,流量居全国网站30强。起点开创VIP版权签约制度取得了巨大的成功,这一模式并不复杂,其他原创文学网站纷纷效仿,完成了从草创期的混沌迷茫向商业化运作的转型。

商业资本与文学的联姻开始了。一时之间,商业资本纷纷看中了原创文学网站的商业前景,开始一系列的资本运作和收购行动。2004年10月,上海盛大收购了"起点中文网";2006年3月,TOM在线收购了"幻剑书盟";2006年4月,民营传媒集团"欢乐传媒"收购了"榕树下";2007年11月,"晋江原创文学网"接受盛大网络发展有限公司的投资,"博客中国"和"天涯社区"获得了1 000万美元的风险投资;2008年7月4日,上海盛大网络发展有限公司在北京宣布成立盛大文学有限公司,斥资数亿元,一举收购了4家文学网站:榕树下、红袖添香、潇湘书院、小说阅读网,几乎垄断了网络文学市场的半壁江山。

商业资本正式开始了对网络文学生产机制的改造,首先是将文学纳入产业化模式。盛大公司以游戏起家,而游戏需要好的故事内容,原创文学网站尤其是以玄幻修仙类别为重点的起点中文网拥有的海量优质内容,无疑为盛大的游戏开发提供了实现产业衔接的源源不断的供应链,无需再花费高价购买故事内容,何况网络文学本身就具有产业开发价值。盛大公司总裁陈天桥称:"盛大的使命是用新的技术和新的模式去改造、推动传统文化产业发展,并形成新的运作机制。"

被盛大收购后,据《中国图书商报》统计,到2004年10月份为止,起点发布的各类文学作品(小说)达到1.4万部,超过12亿字,还拥有其中最受欢迎的300多部作品的独家电子版权和游戏改编权;授权起点进行文学发布的作者达到1万名;每天的网页浏览次数接近3 000万,并在Alexa根据中国网站访问量的排名中名列第35位。不难想象,如此规模庞大的电子书数量如果印刷成册装入图书馆或者摆在书店,资源和空间都耗费不小,也无法在短时间内在各个媒体间实现转换,满足大众消费如此高的消费频次。借助民营商业资本运作和新媒体技术,原创网络文学网站已成为新的大众文学传播媒体。

陈天桥还将时任新浪 CEO 的侯小强聘请过来,担任盛大文学的 CEO。侯小强也是传奇人物,在新浪博客遭遇网络 Web 2.0 时代冲击陷入瓶颈时,侯小强一手创建了新浪微博,并将其打造成新浪的王牌产品,将新浪从低谷中拉了出来。在侯小强的经营下,盛大文学以打造"全球华语小说梦工厂"为口号,力争建立"中国最大的社区驱动型网络文学平台"。自此,原创文学网站商业巨头形成,并开始向各个产业延伸,试图打造一个超级文学航母。侯小强曾在接受采访时说:"没有什么传统文学、网络文学,文学就是文学,所谓的'网络文学'可以退出历史舞台了。将来文学将完成在网络平台上的统一,这就是盛大文学正在做的。"

商业资本对网络文学的改造还体现在原创文学网站和网络作家的生存际遇上。继起点中文网开创 VIP 版权签约制度之后,针对作家的稿酬激励机制有了新的玩法。2004 年 12 月 18 日,起点中文网在上海召开"盛大起点 2004 年原创文学之旅",以年薪百万买断作家一年版权,这意味着,作家这一年之内创作的所有文学作品及相关开发,都归盛大起点所有,作家不需要操心写作之外的事情,他只需要勤奋耕耘安心写网络小说即可。比如为鼓励作家更新,创立了各种各样的奖项,比如全勤奖:一个月内每天 5 000 字合格更新,月奖金 500 元,一个月内每天 1 万字合格更新,月奖金 1 000 元。比如打赏奖:1 元人民币等于 100 起点币。2014 年 2 月,有媒体流出"唐家三少被读者打赏一亿起点币,折合人民币 100 万!"从作家的稿酬和赏金中按比例分成,受益更多的是原创文学网站平台。自此,网络文学创作终于也是一项有"钱途"的事业,网络作家摆脱了第一个发展阶段创作自由但生计艰难的窘境,开始了有偿写作、功利化追求。起点中文网发明 VIP 版权签约之后的第二年,也即 2004 年,作家陈村即宣称:"网络文学最好的时期已过去。"他感慨的或许是和朱威廉一起栖息在榕树下那自由野蛮生长的网络文学状态,但那状态好比是"泽雉",虽然自由,却"十步一啄,百步一饮",最终朱威廉因资金无法维系不得已将榕树下忍痛出售。新的盈利模式和商业资本的介入,彻底扭转了网络文学的发展局势,网络文学从自由写作到商业化、职业化写作的时代来临。

随着盈利模式变化、商业化对网络文学改造模式的深化,网络文学自身形态也发生了极大的变化,催生了网络类型小说的诞生。所谓类型小说,即为众多以同一题材为创作内容的同质化作品。王国维在《宋元戏曲史序》中云:

> 凡一代有一代之文学:楚之骚,汉之赋,六代之骈语,唐之诗,宋之词,元之曲,皆所谓一代之文学,而后世莫能继焉者也。

一个时代有一个时代的文学,并不是说一个时代过去了,那个时代的文学就没有了、不存在了,它或许还存在着、生长着,只是,那个文学品类的巅峰时代已经过去了。就譬如六代的骈文、唐代的诗歌、宋代的词、元代的戏曲,到了清代,依然有"性灵派"诗人创作出好的古体诗,但盛唐是中国古典诗歌创作的黄金时代。而在当下中国,从2004年开始至今最大众、流传最广的应该是网络类型小说,至于它的巅峰时刻可能还没有真正到来。

原创网络文学网站商业化变革后,几乎是同一时间,不约而同地,所有的文学网站都变成了一个模样:确立了网络类型小说的文学类别。2005年,笔者在红袖添香创立了个人文集,也参与目睹了这一变化过程。当时的红袖添香还是一个以"纯文学"著称的原创文学网站,坚守严肃文学的品格,而红袖添香也称绝不在版面添加广告,影响文学的品质;网站版块的划分也延续了传统的文学类别区分,分为小说、散文、诗歌和戏剧文学等;每个创作者均有个人文集,集合了文学网站和博客的模式。而在随后的发展过程中,红袖添香慢慢确立了以面向女性读者、以原创女性网络文学为主打的定位,更准确地说是女性言情网络小说。昔日在红袖添香网站精耕细作自己个人文集的作家们发现:自己的作品在红袖添香上找不到版块发表了,也得不到读者的喜爱了,满屏扑面而来的都是"小女生爱读的东西"。今天我们打开红袖添香,整个主页界面是一片甜蜜的"小粉红",正上方分类横条赫然印着全部分类,放上鼠标会弹出:古代言情、现代言情、浪漫青春、玄幻言情、仙侠奇缘、轻小说等类别划分。起点中文网则确立以男性读者为主打、打造奇幻文学品牌的精准定位,主页作品分类中有玄幻、奇幻、武侠、仙侠、都市、现实、军事、历史、游戏、科幻、灵异等类型小说类别,后来为参与差异化的市场竞争创建了以女性读者为主的起点女生网。而几乎所有的文学网站,包括后来的纵横中文网、掌阅书城,大家都遵循了网络类型小说市场细分的惯例,基本上将网络小说划分为常见的几种类别:都市、玄幻、仙侠、科幻、言情等,以及后来添加的游戏、竞技小说等网络文学中诞生的文学新品种。

　　这显示了商业化对网络文学改造的威力。首先,新媒体更加趋向"分众"、市场定位细分的潮流是大势所趋,原创文学网站作为提供优质原创小说内容阅读的新媒体,也跟随市场潮流奔涌前行。这一趋势改变了传统文学期刊以小说、散文、诗歌、戏剧等来作为文学类别划分的传统。不难发现,在主流原创文学网站中,小说尤其是类型小说占据了主要位置,几乎看不到诗歌和散文的影子,戏剧文学作为单独的文学门类也消失了,因为产业化时代所有的类型小说都具有了戏剧改编的可能。散文则大量存在于文学自媒体中,趋向于"日常生活审美"中的一种"日常"。原创文学网站确立了网络类型小说的市场化地位,使之成为我们当下这个时代的文学。随着市场细分更加深化,网络类型小说还在继续细分诞生新的文学品类。

其次,商业化、市场化意味着更加注重读者受众的审美趣味,受众时代真正来临。传统文学权威期刊并不关心受众,读者的审美趣味如何?读者究竟想看什么?这并不是文学期刊编辑和文学创作者需要关心的事情。作家更加关注自我,关注自己隐秘的内心在探索世界过程中所作出的反馈和表达,编辑作为把关人则坚守"思想性"和"审美性"的标准。从某种意义上说,文学期刊的品位即为编辑(主编)的品位,表征着中国当代严肃文学的品位。至于读者,谁知道呢?这个机制下的文学供应是"铁板一块"的"大锅饭",想看什么,没有选择的余地。1980年代当电视、电影、游戏和网络小说等文化产品尚未兴起的时候,人们没有选择,手捧几本仅有的文学期刊读得津津有味。原创文学网站商业化之后,满足读者的个性化市场需求是网站平台首先要考虑的事情,从而筛选了适应个性化市场需求的作家,甚至读者直接通过网站收藏、投票、订阅和打赏直接筛选出满足其审美需求的作家和作品。当代文学真正从"计划"文学走向了"市场"文学,从"供销社"时代走向"文学超市""文学商城"时代。

网络文学类型化和受众细分是原创文学网站进行商业化变革后,由读者受众、文学网站平台和网络文学作者共同选择并推动的发展方向。北京大学邵燕君老师曾把20世纪90年代开始的文学市场化转型称之为"倾斜的文学场"①,那么步入21世纪,由原创文学网站商业化变革催生的"时代文学"之变革,则可谓"失控的文

---

① 邵燕君:《倾斜的文学场——当代文学生产机制的市场化转型》,南京:江苏人民出版社,2003年。

学场"。这一变革是在抛离了严肃文学的审美话语权情况下进行的,几乎不受主流文学影响。尽管原创文学网站会聘请严肃文学作家和评论家参与网络文学的评奖,给予网络文学创作者在写作上的指导,但网络文学发展的内在趋势,是主流作家和评论家无法介入的。

2015年1月,原陈天桥统治下的盛大文学与腾讯文学合并,成立"阅文集团",主要业务也移交腾讯,由腾讯统一管理和运营原本属于盛大文学和腾讯文学旗下的起点中文网、创世中文网、小说阅读网、潇湘书院、红袖添香、云起书院、QQ阅读、中智博文、华文天下等网文品牌。起因是盛大文学内部产生分歧,导致起点中文网核心团队的离职出走,随后盛大文学CEO侯小强递交了辞呈。趁盛大文学内部之乱,百度和阿里巴巴趁机打入网络文学市场,创建了纵横文学和阿里文学。此后,盛大文学巨头一统网络文学江湖的局面结束了,一超多强格局形成,由腾讯系阅文集团、阿里系阿里文学、百度系纵横文学和掌阅科技等"五大系"瓜分数字阅读市场。网络文学市场经历了一番商业资本的角逐,但这并没有影响其轨道,网络文学在商业浪潮中继续前行。

第四节 网络文学IP产业化与跨媒介时代(2015年至今)

2015年中国网络类型小说进入IP产业化时代。

何为IP? IP即为知识产权(Intellectual Property),主要包括著作权、专利权、商标权等三个部分。如文学、音乐、绘画和其他艺术作品、发现与创造及所有倾注了作者智慧与心血的创意、符号和设计等等具有被法律赋予的独自享有其权利的"知识产权"。中国

当下热炒的 IP 概念主要集中在无形的知识创意财产上,如网络文学,并以此衍生到电影、电视、游戏和动漫等领域。

将网络文学作为一个完整的 IP 进行产业化运作,在当下的具体实践操作中是指将一部具备知识产权的作品(如网络小说),进行多平台全方位的改编,如改编为网络电影、电视剧、游戏、动画、有声读物等等。业内普遍认为 2015 年是中国 IP 的元年,因为当年有两部重量级网络小说《花千骨》《琅琊榜》被改编成电视剧,火遍全国,爆发现象级的文化产业景观。人们普遍意识到,网络文学的商业价值并不局限于原创文学网站的订阅量上,每一部网络类型小说都可以视作一个独立的 IP,发掘网络文学的 IP 价值,将其产业化运营可以将其价值最大化。正所谓"一鱼多吃",网络文学进入文化产业链价值衍生的链条后,从某种意义上讲,其后续开发带来的利润和价值是无穷无尽的。

网络文学的商业化进程逐渐深化完善。VIP 版权签约制度将网络文学纳入商业化运作的轨道,网文 IP 的文化产业链运作则将其商业价值放大了几个量级。中国网络文学 IP 的产业化模式借鉴了日本的 ACGN(Animation & Comic & Game & Novel)产业模式。日本的动漫文化产业发达,ACGN 模式即为日本二次元产业的基本运行模式,指动画(Animation)、漫画(Comic)、游戏(Game)、轻小说(Novel)的互相改编,这些改编作品通常使用一套统一的核心设定(包括角色形象、角色设定、世界观等),并由此衍生出一系列周边产业链,如各种下游产业,包括手办模型、食品贴牌、商业代言等等统统发展起来。2015 年,阅文集团接管盛大文学之后,即开始加速将网络文学拉入文化产业发展的快车道。

将网络文学进入 IP 产业化运作的阶段从 2015 年开始划分并不准确,探索网络文学文化产业模式从盛大文学时期就开始了。2008 年盛大收购起点、红袖、潇湘书院等原创文学网站时,就开始尝试搭建网络文学的文化产业链模式。陈天桥曾说:"我们是文化企业,有着一个打造完整产业链的梦想。"盛大文学拥有丰富的内容资源,"每天都新产生近1亿字的文学作品",截至2013年上半年,盛大文学拥有超过200万名作家,创作出逾600万部作品。

如何利用海量文学内容资源?盛大文学作了多方面的探索和尝试。首先是拓展网文 IP 的输出渠道,打造移动互联网端的数字阅读平台。盛大文学自有移动互联网端总访问用户数 1.5 亿,2013 年上半年日活跃用户数 500 万,MAU(Monthly Active Users,月活跃用户数)达3 000 万。其次是寻求版权衍生。盛大文学版权展示案例显示:盛大版权衍生的交易成果包括影视、游戏版权,如清宫剧《步步惊心》(起点女生网同名小说改编)、都市情感剧《裸婚时代》(根据红袖添香热卖小说《裸婚——80 后的新结婚时代》改编)、都市爱情电影《我的美女老板》(根据红袖添香同名小说改编)、2010 年热播宫廷剧《美人心计》(根据晋江文学城《未央·沉浮》改编)、2011 年央视迎新春大戏《我是特种兵》(根据起点热门小说《最后一颗子弹留给我》改编)、爱情剧《来不及说我爱你》(根据晋江文学城热门小说《碧甃沉》改编)、网络游戏《凡人修仙传 Online》(由起点热门小说《凡人修仙传》改编而成的修仙类 MMORPG①)、网络游戏《盘龙 Online》(根据起点超人气小说《盘龙》改编的 3D 动作 MMORPG 网游)、网络游戏《星辰变 Online》(以起点知名小说《星辰变》为原型改编)、网络游戏《斗破苍穹》(根据起点超人气同名小说改编的网游)等等。

此外,盛大文学影视改编成果还包括《庆余年》电视剧、《小儿难养》影视剧、《回到明朝当王爷》影视剧、《极品家丁》影视剧等等,游戏类改编成果还包括《斗罗大陆》手机游戏、《异世邪君》手机游

---

① 一种有空间场景阵营、人物情节的电脑游戏。

戏、《江山美色》客户端游戏、《邪风曲》客户端游戏等等。网络文学的传统线下纸质出版包括简体中文版、繁体中文版、韩文版、越南文版等等，也是文化产业链的组成部分，仅仅唐家三少的《斗罗大陆》单行本发行量就近1 000万册。

盛大文学并不满足于网络文学的供应者和版权代理经纪人的角色，在更进一步的行动中，可以看到盛大试图整合其旗下所有原创文学网站、线下纸质出版公司、网络游戏开发产业打造一个庞大的文化产业链的努力。并且盛大文学还多方合作联手探求新的盈利模式。2013年盛大文学和YY语音联手打造一款"美女读书"类直播节目，不断开拓网络文学新商业模式。今天看来，盛大文学的确抓住了时代的痛点：网络类型小说动辄上百万字，视觉上吃不消，现代忙碌的人们也少了静坐看书的闲暇，普遍看不动书了。由"看"书转向"看听"书，利用碎片化时间听书，正是喜马拉雅、荔枝电台、得到等APP的成功之道。

如何将海量优质的网络文学IP改编成影视？历来中国影视剧年产量大而佳作贫乏，一个很重要的原因就是缺乏好的编剧。盛大文学于2013年成立中国首家编剧培训公司，召开研讨会"从小说到剧本——编剧如何助推影视工业化"，并与好莱坞SMS（美国故事开发与供应）公司达成合作意向，每年会通过编剧公司向好莱坞推荐6部作品供改编拍摄影片。

盛大文学还积极探索网络文学的全版权运营模式。一种是网络作家的全版权运营。2013年12月，盛大文学和唐家三少共同成立全版权运营工作室，围绕唐家三少所有作品及其所有衍生版权，做一个清晰的梳理和整合战略规划。在电子媒体、实体出版、影视传媒及游戏娱乐四大方面，协同盛大文学的战略合作伙伴，提供全面的、专业的开发、策划、营销、支持体系。另一种是内容的全版权运营。2014年1月，盛大文学和吴奇隆工作室成立，盛大文学董事长兼CEO邱文友说:"由原创内容出发,贯穿全产业链,体现内容价值最大化的商业模式,进一步做实、做大。"即将原始内容(单个IP)进行全文化产业链的开发,将文学IP的价值最大化。

网络文学IP多面衍生
网文IP商业化进程逐步完善,阅文打通泛娱乐全产业链

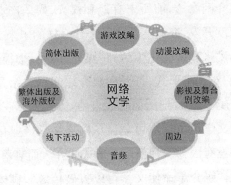

网络文学 IP 价值多面衍生
图片来源:艾瑞咨询

这些探索表明在盛大文学执掌中国网络文学江湖的时代,网络文学已经不再被视作单纯的网络文学了,而是有持续开发价值的网络文学IP,其中主要是网络类型小说IP。由于中国文化产业发展并不成熟,目前并不能像日本那样,做到全产业链的自由打通,如由动漫等领域自由改编成小说、影视、游戏等。网络文学的海量优质IP已经为其他产业链端做好了足够的资源储备,因而全产业链打通实际上是从网络文学优质IP向其他文化产品如影视、动漫、游戏的单向改编,网络类型小说实际上是整个文化产业链中最重要的部分,所谓"内容为王",文学(网文)是整个文化产业链的源头活水。2015年,腾讯合并盛大成立阅文集团后,承继了盛大文学的事业,并在此基础上继续推进。国信证券预计,到2020年,我国阅读付费市场规模可达300亿元,版权改编市场规模可达80亿元。这

一并喷式的繁荣景象是传统文学形成千百年来所未曾有过的。由网络小说改编的影视、游戏、动漫、有声读物及衍生品带火了文化娱乐市场,打造出以网文原创内容为源头的"网络文学+"产业。

新媒体革命带来的网络文学 IP 产业化,给文学商业化前景注入了无限的想象力,同时也带来了有关文学本质性命题的困惑。文学在各个媒介间渗透,前所未有地和媒介、娱乐产业相结合,文学跨媒介的深度开发,究竟会塑造一个什么样的未来文学前景?

从媒介角度来理解文化生活,跨媒介性是一个很好的理论视角。以往,我们对艺术形式、符号和媒介之间的关系是割裂的,彼此对立不可跨越。21 世纪图像时代来临,人们曾感叹以语言文字为媒介符号的文学地位岌岌可危。从网络文学产业化趋势来看,实际上文学并没有因为多种新媒介形式的介入而衰落。文学本身具有跨媒介性,"媒介革命使文学得以打破传统印刷体的限制,构建跨越媒介门类、样式的文学生产机制,形成混合形态的文学文本"[1]。"由于技术和媒介的变化,当代文学清楚地表明,印刷文本作为文学分发的唯一媒介是一种历史性的解决方案,而不是一个自然的事实。"[2]将时间拉长到前印刷时代的口头文学,先民口耳相传的神话、史诗、民间故事、民谣等民间文学形式,并不依赖于纸质印刷体的传播。文学依赖于纸质印刷文本的分发历史是如此漫长,以致人们将文学和印刷文本——媒介本身等同起来了。

信息时代的到来促使我们从媒介视角审视文学活动本身。新媒介革命让人们重新认识印刷品时代的文学,我们的文学生产机制、文学活动和整个文学评价、研究体系,是多么深刻地受到纸质

---

[1] 钟雅琴:《超越的"故事世界":文学跨媒介叙事的运行模式与研究进路》,《文艺争鸣》,2019 年第 8 期,第 126-134 页。

[2] Jorgen Bruhn. The Intermediality of narrative literature[M]. Basingstoke: Palagrave Macmillan, 2016:7,22,30.

印刷媒介的影响。文学从纸质印刷媒介转向网络、到文化产业链条上各个媒介之间的渗透、转化,才不过几十年的历程。而实际上"跨媒介性是一个渐进的过程,文学一直受到其他媒体的影响,甚至在数字时代之前"①。跨媒介性和"互文性"的概念有所不同,沃纳·沃尔夫(Werner Wolf)强调:"互文性是一种'内部性'的变体,仅指口头文本和文本系统之间的'同媒介的'(homomedial)关系。相反,跨媒介性在最广泛的意义上适用于任何媒介间的跨界,是涉及不同符号复合体之间或符号复合体内部不同部分间'异媒介的(heteromedial)关系。"②和"互文性"相较,"跨媒介性"更加关注多种媒介之间的关系,尤其适用于新媒介革命全面到来之际多种媒介交互、媒介融合产生的各种文学文化现象。

文学跨媒介叙事是跨媒介性研究具有代表性的领域。亨利·詹金斯(Henry Jenkins)的"跨媒体叙事"(Transmedia Storytelling)理论即关注文学跨越在多个媒介平台的展现,"其中每一个新文本都对整个故事做出了独特而有价值的贡献。跨媒体叙事最理想的形式,就是每一种媒体出色地各司其职、各尽其责——只有这样,一个故事才能够以电影作为开头,进而通过电视剧、小说以及连环漫画展开进一步的详述"③参考拉耶夫斯基和沃尔夫的类型学研究,有学者将文学跨媒介叙事的主要运行模式大致分为:媒介组合、媒介转换、跨媒介参照、超媒介性等四种类型。④其中媒介转换最为人们所熟知,即将一种媒介文本通过产品化运作转换,包括网络文学在各个媒介之间的跨越和改编。

---

①④ 钟雅琴:《超越的"故事世界":文学跨媒介叙事的运行模式与研究进路》,《文艺争鸣》,2019年第8期,第126-134页。

② Werner Wolf. "Intermediality"[C]// David Harman, et al. eds, Routledge Encyclopedia of Narrative Theory. London: Routledge, 2005:252.

③ [美]亨利·詹金斯:《融合文化:新媒体和旧媒体的冲突地带》,杜永明,译,北京:商务印书馆,2012年,第47页,第157页。

"跨媒介性"和"文学跨媒介叙事"为我们认识 IP 化时代的网络文学提供了新的理论解剖工具。对于具体的文学叙事如何在各个类别的媒介间转换,媒介融合时代的跨媒介叙事在实践中如何运作,是跨媒介研究的关键问题。值得注意的是:跨媒介研究并不能回避有关文学本质性问题的探讨。今日之网络文学以故事为主,以更炫丽丰富多层次的跨媒介叙事呈现,其载体不一定是书、电子书,很有可能是电影、电视剧、动画、游戏……媒介融合到一定阶段,文学存在的形式不局限于文字符号文本来表现时,文学渗透、存在于影视、动漫、游戏、文创等多种媒介形式之中,那么,我们称之为"文学"的那种艺术形式,究竟是什么? 其内核又是什么? 当文学仅仅以脚本方式存在时,文学还是文学吗? 邵燕君教授曾预言:未来文学这种艺术形式可能会被游戏所替代。那时的文学,又将依存于哪里?

第五节　中国网络文学的翻译和海外传播

一直以来,中国当代文学在西方国家传播效果不佳,网络文学海外走红颇值得重视。中国网络文学历经二十余年,在国内拥有读者近 4 亿,近年来,迅速从东亚文化圈向西方英语世界辐射传播。据统计,海外自发建立、传播中国网络文学的英文翻译网站、论坛有 Wuxia World(武侠世界)、Gravity Tales(重心网文)、Novel Updates(小说更新)、Volare Translations(沃拉尔网文翻译组)、Immortal Mountain(仙山中国玄幻小说站)、Chinese Novel Rankings(中国网络小说排行榜)、Lnmtl(智能翻译网络小说站)、Reddit 的 Novel Translation 版块、SPCNET 的中国网文小说版块等上百家。国内原创文学网站如起点、晋江、17K 等,纷纷与海外网站合作加强英文版权输出。2017年5月15日,阅文集团旗下的起点国际(域名 Web Novel)正式上线,截至2019年1月,起点海外授权网络小说300多部,起点国际英文翻译小说上线200多部。中国网络文学的海外读者遍布全球100多个国家和地区,其中北美约占1/3,约有700万人,单纯喜欢看中国网络小说的读者比例高达91.3%。[①] 中国网络文学与美国好莱坞大片、韩剧、日漫相媲美,成为全球粉丝文化的重要组成部分。

与中国古典文学、当代严肃文学海外传播的路径不同,中国网络文学翻译和接受在新媒介文化空间中进行。中国网络文学最初由西方民间社会主动"拿出去",网站、论坛等空间构成英译接受活动的新媒介语境。首先,独特的英译传播接受机制。网站在线连载翻译模式下,捐助、打赏、众筹、即时互动等使得网络小说的英译接受形成一个跨文化的交流空间,译者翻译和读者接受通过互动筛选小说译本,完成对文本的跨文化阐释。其次,网站的翻译者和粉丝共同创造了中国网络小说术语词典和翻译系统(如武侠世界开辟专门版块讲解网络玄幻小说中各种概念),其中富含"中华韵味"的概念元素,凭借"归化"策略、网络方言等多种手法,在同步动态交流中完成翻译转换,既保留中华文化又打通语言和文化差异的屏障。

对网络文学"中国故事"的接受体现了中华文化的海外认同。中国网络文学蕴含中国当下青年价值观及其对中华文化的传承和理解,以"中国故事"形式通过网络媒介传播到英语世界,促进了中西青年文化交流沟通,对海外读者的中华文化认同产生了潜移默化的影响。如《盘龙》《择天记》等网络小说中的中华传统元素、"中国故事"塑造西方读者心目中的"中国""中华文化"整体形象,在思

[①] 艾瑞咨询:《2017年中国网络文学出海白皮书》,2018年。

想文化、价值观念层面等也产生深层影响。网络文学的异域接受过程中引发诸多对中国传统和流行元素的追捧行为(网站讨论区显示：读得认真，讨论严肃，对新人进行基础培训，分享阅读经验)，如对网络玄幻小说中道家文化(阴阳八卦、五行)等中国文化元素的关注，引发对中国语言文字、网络同人小说、漫画、游戏、IP影视改编剧和周边文化产品的追捧行为等。

中国网络文学海外传播与接受中也显示了一定的群落文化差异。网络文学全球粉丝是一家，但也存在由地域、文化、性别、趣味等各种因素形成的审美群落化差异。如越南、泰国等东南亚地区的青年更喜欢中国网络文学中的都市言情类型小说；加拿大和美国等更喜欢武侠、玄幻、仙侠等幻想类型小说品种。而欧美读者比较不能接受的是幻想小说中的性别观念：玄幻小说中男主角往往"后宫佳丽三千"，不少情节在他们看来对女性有一定程度的歧视，这是他们无法接受的。

中国网络文学的海外传播影响了英语世界网络文学创作。中国网络文学杂糅西方魔幻、日漫等全球流行文化元素，又反哺了英语世界本土网络文学创作与产业化。最初有西方粉丝用英文创作的同人小说、西式玄幻，如美国 Tina Lynge 创作英文小说 *Blue Phoenix*(《蓝凤凰》)，其背景、人名、修仙等级等均借用中国网络玄幻小说。中国网络文学中的思想、价值观念对英文原创网络文学深层次创作心理产生影响(儒道思想、性别意识等)，如美国 Wiz (维兹)创作的 *Reborn：Evolving from Nothing*(《重生：虚无进化》)、新加坡的 *Number One Dungeon Supplier*(《第一秘境供应商》)等作品与中国网络小说中的价值观念一脉相承。

此外，中国一整套原创网络文学生产机制的海外输出，对西方网络文学产业化亦产生重要影响。如 Wuxia World、Gravity Tales 和起点国际(Web Novel)等设海外原创频道，催生了英语本土网络文学超级 IP 的影视改编。邵燕君教授从全球媒介革命视野对中国网络文学的定位尤其值得关注,她认为,"中国网络文学及其原创生产机制的海外传播正在推进人类文学生产从纸质时代向网络时代过渡"。①

中国网络文学的翻译和海外传播是近年来随着网络文学发展诞生的新课题,也是网络文学研究向各个层面精细化拓展的新方向之一。这一拓展突破了网络文学及其研究的本土限制,将网络文学置于全球媒介粉丝文化视阈,从世界文学的视角,对网络文学进行重新考察和评价,对构建网络文学批评话语体系有重要的学术价值,为中国文化输出、国家文化战略和文化软实力的构筑提供借鉴和启示,对中国文化企业出海、文化产业链布局全球提供参考和启发,具有文化现实意义。

---

① 邵燕君等:《媒介革命视野下的中国网络文学海外传播》,《文艺理论研究》,2018 年第 2 期。

第三章

新媒体时代的文学生产与作家生存

网络文学的商业化和产业化,催生了一大批网络职业写手和职业作家。2006年,体制内作家洪峰为声讨文化局不发工钱,展示了一场"作家乞讨秀";2009年,《南方人物周刊》策划了"网络文学"专题:"写小说赚大钱"。两相对比,更显严肃文学的"凄凉"。大批以文为生的写手作家们,纷纷从传统纸面文学转阵网络文学。据艾瑞咨询《2018年中国网络文学作者报告》显示:自2015年起,中国网络文学作者数量一直保持30%的高速增长,到2017年年底,网络文学作者规模达到784万人。[1]

习惯了传统文学创作的作家们转向网络的过程并不容易。较早从文学期刊转向网络写作的作家比如打工作家,他们为早已市场化的文学期刊撰写面向打工者的打工文学,对市场变化比较敏感。当媒介变迁之际,打工作家走向分化,一部分转向体制内严肃文学,一部分转向网络文学市场。[2] 最初转向网络文学的作家们处处碰壁,他们发现:这个新生的文学市场上,已经找不到他们的读者了。他们的写作题材和写作手法,都和网络文学格格不入。

---

[1] 艾瑞咨询数据库:《2018年中国网络文学作者报告》,由艾瑞咨询研究院研究绘制,见 www.iresearch.com.cn。

[2] 李灵灵:《媒介变迁与作家群落分化——以打工文学为例》,《文艺争鸣》,2016年第12期。

第三章
新媒体时代的文学生产与作家生存

2008年网络作家慕容雪村曾组团创作网络文学,感触最深的是:首先"要排纯文学的毒"。"移民"网络的作家要改变写作策略,因为这是两种完全不同的文学生产。

有两种作者不受新媒体带来的文学生产方式转型的困扰。一种是没有经受过严肃文学期刊的"审美规训"、一开始就在网络上写作的作家,大多是非中文系出身。有意思的是:网络文学领域最先崛起的作家都不是中文系出身,比如方舟子、蔡智恒、今何在等等,他们是生物学博士或水利工程博士。因没有受到期刊文学"规训",其作品语言鲜活,想象力丰富,思想大胆。另一种是新生代网络作家,几乎没有接触过"期刊文学",没有太多的顾虑和桎梏;新生代知识储备、知识结构和前辈作家不同,他们一开始就生活在网络世界,读着网络小说长大,熟悉新生代的语言,相比之下,这些"90后""00后"更熟悉同龄人的审美情趣。

网络给文学带来了革命性的变化,这种变化"不只是变换了发表和传播的媒介",还意味着和此前完全不同的文学书写。[①] 刘勰说"文变染乎世情,兴废系乎时序"[②],网络新媒体时代的文学不仅受到审美代沟和审美趣味差异的影响[③],也受到新媒体文学生产机制的制约。和传统纸面文学相比,新媒体文学生产机制要求作家在文学生产方式上实现转型,至少面临三个方面的转变:从写"我"到为"分众"写,从类型化写作所要求的知识"层累化"到反类型化,从文学小作坊到大规模的模式化生产。这种根本性的时代转型,将影响和造就文学范式的根本性转型,塑造一种新的文学生活。

[①] 何平:《再论"网络文学就是网络文学"》,《文艺争鸣》,2018年第10期。
[②] 南朝梁·刘勰:《文心雕龙》,北京:中华书局,2014年,第407页。
[③] 陶东风:《以记忆传承超越审美代沟》,《人民日报》,2018年11月20日第24版。

第一节 从写"我"到为"分众"写

网络文学出现之前,与之相区别的是肇始于 19 世纪末的"新文学"或"现代文学"传统,及已经形成秩序化的审美规范、评价机制和生产传播方式等。① 这个传统几乎影响了 20 世纪中国的整个百年文学进程,在网络文学前产业化阶段,网络精英或草根的自由写作也深受其影响。2003 年,起点中文网首创 VIP 收费阅读制度,这个开创性的制度将网络文学推向市场,陈村感慨"网络文学最好的时代已经过去",从此,网络文学在产业化之路上狂飙突进,一去不复返。

"现代文学"传统的诞生以"启蒙"为口号,由少数精英来"教化大众",而网络文学写作却越来越呈现协商机制、互动文化特点。② 网络作家首先要满足受众的需要,与受众"共同写作"。原创文学网站的文学生产机制中,在线连载的网络类型小说形成一个互动的文学空间:网络文学读者不需要作者有多高深的写作技巧,不需要多精妙的语言表达,高明的读者都自带吐槽模式,在评论区的评点、调笑和怒骂中,作者经由读者"指引"合作共同完成小说,"在没有边界的讨论中,所有参与人员都成为延续话题的生产者"③。

新媒体特有的互动属性,使文学生产脱离了印刷媒体时代创造一个完美文学典范的愿景,文学的"历时性"意义被打破,网络类型小说的生产更像是空间意义上基于情感、审美、交际的粉丝文化。作家不再孤独地创作,他(她)有了更多陪伴者同行;但作家在

---

① 何平:《再论"网络文学就是网络文学"》,《文艺争鸣》,2018 年第 10 期。
② 许苗苗:《游戏逻辑:网络文学的认同规则与抵抗策略》,《文学评论》,2018 年第 1 期。
③ 许苗苗:《作者的变迁与新媒介时代的新文学诉求》,《文艺理论研究》,2015 年第 2 期。

20世纪"振臂一呼应者云集"的权威、神圣光环不再,从"启蒙精英"转变为文学"明星"、文学"大神"。更多的时候,作家要照顾粉丝受众的阅读期待。网络作家高楼大厦接受周志雄教授采访时说:"不管是学生还是成人,现实生活中都有太多的犹豫……如果主角犹豫,我会很难受,我会把主角塑造得更果断一些,更多的是读者要求果断,倒不是因为作者,所以有的时候其实不想果断,但是这个确实是为了迎合市场。"[1]在新媒体文学交际场域中,粉丝受众是衣食父母,网络文学生产不可能"自说自话","明星作者——粉丝受众"的新型文学互动关系,打破了传统相对封闭的文学生产和文学消费,由印刷媒体时代"作家中心"转向新媒体时代"读者中心"的文学生产活动。[2]

与传统作家的"高冷"不同,网络作家一开始就要关心受众的需要。严肃期刊文学时代单向传播,把受众假想为趣味单一的整体,与其审美趣味的单一供应相比,网络文学场域具有审美趣味分化和审美群落化特点,网络类型小说自带审美差异,趋向多样化的丰富类型,自媒体细分市场和自媒体文学具有"垂直"属性。[3] 这意味着作家需要满足细分后的受众需要——专门为某一类读者的独特趣味而写,传媒行业称之为"分众",网络文学受众也具有"分众"属性。网络作家一旦开始从事网络文学写作,他(她)首先要定位,为哪一部分读者而写,该类读者喜欢什么样的题材。这与纯文学"决不为取悦读者而写作"的路子大相径庭。

作家首先要做充分的市场调查。网络作家孔二狗以写《东北往事:黑道风云二十年》一举成名,他谈自己正式写作这本小

---

[1] 周志雄等:《大神的肖像:网络作家访谈录》,济南:山东人民出版社,2015年,第29页。

[2] 许苗苗:《作者的变迁与新媒介时代的新文学诉求》,《文艺理论研究》,2015年第2期。

[3] 写作内容要"垂直"指专门从事某一领域的专业内容撰写。

说之前,花了两年时间考察各个中文论坛,用专业商业咨询的眼光挨个儿分析,最后锁定"天涯杂谈",因为这里"有最多的高级知识分子,也有最多的普通人",他把"商业策划与创作热情放在同等重要的位置上":

"写之前,我否定了无数的题材:《我的童年》——一个80后的历史,不行,关注的人太少了。"

"然后想写我的奶奶,一个经历过张作霖、伪满洲国、国民党、共产党、三年自然灾害、'文革'……写一个农村老太太历史,没别的意思啊,就是觉得我在农民这个阶层红不太可能,应该是我红了以后写比较好。"

"我有3个关键词:黑道(题材足够新颖)、风云(矛盾冲突激烈)、20年。矛盾冲突不缺、精彩程度不缺、社会意义不缺,这样的书不红,没天理。"

"我这么处心积虑地以专业市场咨询业人的眼光做文化产品,不成功没道理。"①

孔二狗的个案颇具代表性,他以管理咨询顾问出身,把网络小说当成一个文化产品来运作,这与当下影视文化产品制作具有异曲同工之妙。SMG(Shanghai Media Group)影视剧中心助理李捷文在《头脑风暴》节目中谈到韩国编剧十二法则,其中针对女性观众又细分为"看电影的女观众"和"看电视剧的女观众":"看电影的女观众"是有男朋友的受众,男朋友或她自己能消费得起电影院旁边的豪华晚餐;而"看电视剧的女观众"是另一类女生,在家里煮着泡面边吃边追剧的受众。这两类女性观众有不同的审美趣味,需

---

① 张欢:《孔二狗:哥写的不是黑社会,是时代》,《南方人物周刊》,2009年第33期。

针对她们提供不同的影视文化产品。① 新媒体时代的文学写作越来越向影视文化产品制作靠拢,作家也自觉地迎合受众的审美需求。严肃期刊文学和网络文学市场"冰火两重天",孔二狗将其解释为:"因为我们踩着地的,接着地气,比如我、当年明月,每天浸淫在网上,知道大家的关注点是什么,传统的高高在上的作家,早就不愿意了解人民想要什么。"网络作者选择文学题材时考虑的因素是什么?艾瑞咨询的数据也印证了:"星级越高的作者选择题材时更关注读者喜好。"②

进入 IP 阶段后,网络文学衍生的文化产业链决定了网络文学的脚本性质,网络作者不仅要考虑差异化的小说受众,更要考虑"长尾"意义上的影视、游戏受众。这意味着不仅从题材上,并且要在写作手法、语言上对纸面文学传统进行改装。"许多小说在与游戏签约后,内容有了新变化,角色更丰富、性格更鲜明、情节更复杂。这并非写作者的意图,而是适应游戏市场用户喜好,方便改编的伏笔。"③有了粉丝基础,才能被改编成影视、游戏、动漫,让更多人看见。而由于商业需要,要能被改编游戏、影视,这决定了某些种类的类型小说能被拓展到整个文化产业链:比如玄幻小说、科幻小说和游戏竞技小说等。网络作者在写作中为了配合改编需要,也自觉地采用"翻译画面"的手法:用更形象化的语言来写作,文字更具有画面感等等。这一切是为了拓展更多网络文学受众及其衍生文化产品粉丝受众的需要。

总之,新媒体视域下文学生产的重心已经转移:由写"我"到为

---

① 由第一财经传媒开办的全新演播室谈话类节目《头脑风暴》,《笙箫何以不再沉默》,2015 年第 0314 期。

② 艾瑞咨询数据库:《2018 年中国网络文学作者报告》,由艾瑞咨询研究院研究绘制,见 www.iresearch.com.cn。

③ 许苗苗:《作者的变迁与新媒介时代的新文学诉求》,《文艺理论研究》,2015 年第 2 期。

"众"而写。① 作家的"个体经验"和私人冥想不再是文学的表达核心,个性化的表达受阻。要想在网络文学市场生存下来,作家不能任性、率性到只写自己。由于审美代沟和审美群落化差异,传统作家网络碰壁,学院派市场碰壁;同龄人更了解同龄人,"50后"至"70后"无法理解"90后""00后"的世界,不太容易提供满足"网生代"的网络文学产品。在令前辈瞠目结舌、眼花缭乱的各种"功法"、二次元、腐女充斥的世界中,"90后""95后"年轻作家快速崛起逐渐成为网络文学写作主流,30岁以下作者占了七成。② 同一审美圈更理解同一审美圈,酷爱玄幻、军事的理工直男不理解女生为何向往《魔道祖师》《花千骨》里的爱情,网文作者写作题材偏好性别分化更严重。③ 不是圈内人没法理解沟通,更无法提供满足这个圈子需求的文学产品。文学场域从"计划文学"到"商业文学"的时代真正到来,"媚俗化"也好④,"审美衰减"也好⑤,作家个性和主体性的滑坡⑥,是一个事实,受众崛起的时代已经到来。

第二节　类型化套路与反类型化

以受众为中心写作,意味着提供受众喜闻乐见的通俗文学产

---

①　单小曦:《"作家中心"·"读者中心"·"数字交互"——新媒介时代文学写作方式的媒介文艺学分析》,《学习与探索》,2018年第8期。

②　艾瑞咨询数据库:《2018年中国网络文学作者报告》,由艾瑞咨询研究院研究绘制,见 www.iresearch.com.cn。

③　《魔道祖师》,墨香铜臭所著的原创耽美玄幻小说,主线道侣携手打怪解谜。2015年10月31日于晋江文学城连载,百度百科"魔道祖师"词条,2018年12月5日更新。

④　胡友峰:《消费社会与电子媒介时代文学的生长背景》,《小说评论》,2014年第6期。

⑤　何平:《再论"网络文学就是网络文学"》,《文艺争鸣》,2018年第10期。

⑥　张文:《媒介与百年中国作家身份的建构》,《兰州学刊》,2016年第12期。

品，而通俗化的往往是类型化和模式化的。从新媒体时代越过印刷媒体回溯到口头文学时代，流传于民间的童话故事和民间故事就是类型化、模式化文学的代表。研究民间故事的学者都熟悉故事学的经典概念工具：芬兰学者阿尔奈（A. Aarne）发现民间故事的叙述情节模式大致相同，按情节类型（type）对民间故事进行编排著有《故事类型索引》；美国学者斯蒂·汤普森（Stith Thompson）发现流传于整个欧洲、亚洲、南美、澳洲等地的民间故事都有类似的情节叙事单元母题（motif），其《民间文学母题索引》（1932）展示了世界各地故事成分的同一性或相似性；另一位知名学者普洛普（Vladimir Propp）则探索故事的叙事结构，发现这些故事都有大致的结构特点，其《民间故事形态学》被认为是20世纪具有独创性的文学研究典范。我国民间文学研究者刘魁立对中国民间故事的生命树研究，弥补了世界民间文学中缺少中国民间故事类型的遗珠之憾。

中国文学传统中民间文学和通俗文学只是一个小小分支，在厚重绵长的古典"诗文"传统中一直是被压抑的。胡适曾著《白话文学史》，提倡重视钩沉了近两千年的白话文传统；五四新文化运动时期知识分子也致力于搜集民间歌谣，以期用"活的文学"来对抗强大腐朽的"山林文学""庙堂文学"。这一切和今天中国文学处境竟依稀类似，不同之处在于，五四精英知识分子是从上而下"教化大众"，他们构建"新文学"传统的资源多来自西方，而不是民间通俗文学传统；今日新媒体时代的网络文学却是从下而上自发崛起的通俗"民间"文学，虽有附着于新媒体的新特点，本质上，网络文学仍然是以普通受众为中心的通俗畅销文学。

由网络文学二十年发展史可见：20世纪90年代兴起于北美留学生群体的华语网络文学和2003年前自由创作阶段的网络文学，都带有"现代文学"传统的精英气质，少有类型化、模式化的痕迹;而当网络商业文学机制形成(VIP付费阅读)之后,网络文学随即急转为畅销文学,迅速分化出网络类型小说,开启类型化和模式化套路。拉长岁月跨越媒介来看,网络文学中的各种"梗":"女主跳崖脱胎换骨"梗,"少年被退亲受辱、励志发愤图强"梗,和民间文学中的叙事情节单元母题、类型颇为相似。网络文学大神唐家三少、天蚕土豆、我吃西红柿的粉丝们都很清楚:大神的小说看了一部就不用看其他了,因为都是一个"套路"。尽管如此,粉丝们仍然忍不住围观大神新作,架不住新成长起来的青年源源不断加入网络文学入口。"废柴"少年一路升级打怪(炼器炼级),屌丝逆袭得道(得正果,得成功,赢得美人归)的故事套路"深入人心",跨越了时光和文化隔阂,只需看看《西游记》《魔戒》的流行就知道了。

　　通俗畅销的文化产品之所以类型化和模式化,概因人类共同的"审美心理机制"使然。康德在《判断力批判》中假设:自己认为美的,也希望别人能引起相似的普遍性的审美认同(共通感)。[1]在什么样的文化产品能畅销流行这点上,美国编剧深谙人的"审美心理机制":畅销的都是模式化的。好莱坞影视大片自不必说,其电影小说叙事模式有固定的三幕结构:"第一幕介绍英雄所面临的问题,以危机和主要冲突的预示来结束。第二幕包括主人公与他或她面对的问题进行的持续斗争,结束于英雄接受更为严峻的考验这一节点。第三幕所呈现的应是主人公对应问题的解决。"中国大陆的中文系曾经素称"不培养作家",美国大学却有各种各样的写作课程和编剧课程,教授人们如何创作出畅销小说。严歌苓曾在美国接受编剧课的训练,据说她接受冯小刚邀请写作《芳华》时表示:不受电影剧本的规训,要写一部"抗拍性"的小说。结果学者发现她的小说和电影叙事三幕结构大体对应,是按照剧本化的影

---

[1] 康德:《判断力批判》,邓晓芒译,杨祖陶校,北京:人民出版社,2007年1月第3版,第57-59页。

视思维模式和结构方式操作的,"虽然《芳华》用小说技法掩饰得非常成功,给人一种严肃文学的错觉,但实际上却是按照某种配方生产出来的'电影小说'"①。某种"配方"当然是指类型化和模式化的写作套路,参照"配方"能制作出畅销流行的文化产品,日本动漫和韩国影视的文化产业体系成熟发达,他们也建立了一套类似的文化生产法则。网络类型小说和民间文学、通俗文学一样,都是类型化和模式化的文学品种,具有强大的生命力。网络文学也因此唤起了人类普遍的"审美心理",走红海外,与美国好莱坞大片、韩剧、日漫相媲美,成为新媒体时代全球粉丝文化的重要一极。

既然故事元素早已根植在人类普遍的审美心理结构中,民间故事中的母题有一百多个,"神奇故事"的叙事结构也有固定的套路和公式,那么,作家在其中扮演什么角色呢?口头文学时代,民间文学没有作者,作者是"广大人民群众","作者"和"作家"概念是印刷媒体时代伴随版权保护应运而生的。进入新媒体时代,作家面临的危机可能还不是"为受众写"导致自身独创性被抑制、主体性被消解,而是类型化和模式化的文学产品对作家个体的倚赖越来越小,受众只关心"梗",不关心谁是最先发明了这个"梗"的人。很多时候说不清哪些是作家独创的"私人梗",还是网络文学资源库里共享的"公共梗",网络文学知识产权保护越来越困难,这也从侧面说明:新媒体时代与民间文学具有类型化本质的网络文学,正在慢慢遮蔽作者。

更严峻的挑战还不止于此。网络类型小说是众多以同一题材为创作内容的同质化作品,"同一题材"和"同质化"内容,加上与严肃文学相区别的模式化特点,加之网络文学资源数据库和网文写作软件的便捷,决定了网络类型小说更容易被抄袭改装:不仅能被

---

① 赵勇:《从小说到电影:〈芳华〉是怎样炼成的——兼论大众文化生产的秘密》,《文艺研究》,2019年第3期。

人类同类"抄袭"取用,也能被人工智能作家(AI)轻而易举地"抄袭"组装。丁帆教授曾忧心青年作家"在体制与资本构成的文学秩序中如何生存和发展"①,没有料到的危机是:当下作家还面临机器人写作的挑战。微软诗人小冰已经出版第一部人工智能诗集《阳光失了玻璃窗》,IBM诗人偶得能随意组合各类五言、七言古体诗。② 模式化极强的网络类型小说极易被人工智能改编。试想在类型小说题材库中输入:"男一:花样大叔。女一:野蛮妹。配角:任意。类型:爱情／悬疑。场景:海岛／都市。主情调:忧伤。宗教禁忌:无。主情节:爱犬／白血病／陨石撞地球。语调:任意……"一部网络类型小说可以在几分钟内"定制"而成。智能写作以编程的形式"用典"或"用梗",将来的人工智能会制作出各种语言风格的琼瑶体、淘宝体、鲁迅体……智能写作软件的"数据库式写作",使得文学"创作"这门需要作家匠人精雕细琢的"手工艺术",直接跨入了信息产业时代③,文学产业化制作大生产成为可能。

那么作家意味着什么?怎样证明作家个体还"活"着?智能写作软件一出世便拥有人类有史以来最庞大的文学经典资源数据库,最不擅长遣词造句、最不会编故事的"小白"作者,也能凭借机器人创作出"像样"的故事,作家个体比拼不过计算机算法。可能的出路,就是为文学经典资源数据库贡献"知识份额":新媒体时代的作家,一方面要遵循类型文学的"审美心理机制",要懂"套路";另一方面又要突破类型化的写作,开创新的原创类型,在类型化写作和反类型之间走钢丝。但这一切需要时间、锤炼和积

---

① 丁帆:《青年作家的未来在哪里》,《文艺争鸣》,2017年第1期。
② 韩少功:《当机器人成立作家协会》,《读书》,2017年第6期。
③ 邵燕君等:《直面媒介文明的冲突,理一理"文学的根"——北京大学网络文学研究论坛纪要》,《南方文坛》,2017年第4期。

累,资本的力量推动文学向前,恐怕并没有给作家留出太多积累时间。

第三节　资本的力量与批量文学生产

网络文学生产方式转型不仅包括以"受众"为中心的类型化写作,还包括与新媒介革命匹配的一整套新的文学生产机制,将文学带入工业化大生产的快车道。邵燕君教授研究了多年文学期刊后得出结论:传统文学生产机制是坏死的,当代文学应寄希望于网络等新型机制。[①] 的确,网络文学吸纳了大量的文学青年,赢得了资本的青睐,一路开疆拓土,连体制内文学生产者、研究者和学院派研究者,也不得不提出"向市场学习"。那么由网络文学市场来教作者写作又当如何呢?

首先,无论是原创文学网站还是自媒体平台,都有一整套市场化的作者培育机制,从某种意义上激发了民间原创文学力量的爆发。网络文学三大巨头阅文集团、阿里文学和百度纵横文学,在网站主页都打出了诱人的写作奖励计划和优质培训广告。比如阅文集团针对作者所处的不同阶段,提供定制化的扶持计划,涵盖了从"一星作家"到顶尖"白金作家"的培养体系,笼络"老作者"的同时,保证其文学生产有源源不断的"新作者"注入。培养体系包括:作者定制化方案,为作者和作者能提供的内容定位;帮助作者塑造品牌,并提供针对性的营销支援,通过诸如电视节目、新闻发布会等方式提升曝光率;通过大数据分析发现潜力作者,帮助他们提供粉丝运作和用户分析;通过系列线下作者培训和研讨会、线上编辑互

[①] 邵燕君:《传统文学生产机制的危机和新型机制的生成》,《文艺争鸣》,2009年第12期。

动、专题写作讲座等开展作者培育。2017 年,阿里文学在北京召开"文学即世界"首届作者年会上,承诺借助阿里集团淘宝阅读、UC 书城、阿里影业等多渠道分发优势,帮助作者迅速积累粉丝和名气,打造全链路衍生模式。①

与严肃文学期刊和纸面商业文学出版相较,原创文学网站几乎涵盖了文学活动的各个环节。其机制囊括了文学生产、文学渠道、文学销售、文学宣传、文学阅读、文学评论(主要是读者粉丝的评论互动)、评价系统(大数据分析)和文学全产业链开发,使之兼具生产机构、发行渠道和版权经纪人等多种角色。

自媒体文学平台同样有一整套类似的文学生产机制。剔除新闻类、行业类自媒体,自媒体文学网罗了网络类型小说(此类由原创文学网站承包)之外的文学品种,比如散文、随笔、微小说、杂文等。无论是微信公众号、头条号、简书、大鱼号、企鹅号还是百家号,都有一套针对作者的培训、奖惩计划,以控制整个内容生产。

面对这样庞大的由资本力量构筑具有强势话语权的文学体系,网文作者一旦进入,如同链条上的一环,几乎没有太多自由操作的空间,文学活动的一切都在庞大体系下运行。

网文体系首先要求作者精准定位,这是精细化、模式化大生产的第一步。入驻平台首先要确立个人品牌标识:原创文学网站要求选择玄幻、科幻、都市还是言情类写作,自媒体平台要求选择娱乐、情感还是读书类别的个人号。自媒体平台对写作领域细分要求更为严格:内容必须垂直,专注于某一个领域进行深耕细作。百家号将垂直细分度纳入新手作者转正的考核评分标准,头条号、大鱼号等也针对垂直细分程度决定是否将文章推荐

---

① 艾瑞咨询数据库:《2018 年中国网络文学作者报告》,由艾瑞咨询研究院研究绘制,见 www.iresearch.com.cn。

给更多的读者。也就是说,如果作品的类型细分辨识度不高,写得再好,没有推荐也不会被更多读者看到。这种机制满足了"分众"阅读需求,也提高了作者在某一个专业领域的"知识积累"标准,毕竟著文者都是该领域的"高手",也有被高手养叼了胃口或本身就是行家的读者。这种写作方式颇似大工业化生产中的专业分工,作者被分配到一个个指定的工位,进行流水线上某个动作的熟稔操作。

网文体系的精细化、模式化生产还体现在写作培训理念上。传统文学观念中,我们认为文学创作是很难教的。文学网站和自媒体的写作培训以及市场上各路内容生产"大神"所开眼花缭乱的写作课程,更偏重"术"的层面,即便有"道",也是从心理学、营销学、传播学等角度阐发如何让读者更好地接受、如何吸粉等营销之道。比如 17K 小说网曾举办"网文大学",简书有"简书大学堂",教新入门作者如何写作:从如何起标题,到某种类型的文章如何开头、如何架构、如何结尾,起承转合,要避免哪些雷坑,都有详细的讲解。写作讲师们总结出每一种类型怎么写才受欢迎的固定套路,想靠业余写作实现财务自由的作者们趋之若鹜,初尝甜头的作者们发现:原来写作并没有那么神秘,不需要多少高深的知识和文学修养,写作不过是模式化的套路。

原创文学网站和自媒体平台还要求批量化、大规模、持续性的文学内容生产。一方面是因为资本的逐利属性,比如某个文学网站设立的"全勤奖":一个月内每天 5 000 字合格更新,月奖金 500 元,一个月内每天 1 万字合格更新,月奖金 1 000 元。奖励金额和写作字数相关,高强度的更新导致写作成为一个"体力活":"每天醒了就写,写累了就吃,吃完了再写,写不下去就想后面的情节。做梦都是故事。"另一方面还因为新媒体平台机制下,粉丝的注意力是稀缺资源,一不留神就会被读者取消"关注"打入冷宫,非如此不能在这个体系中生存。因为更新不及时被读者怒骂调笑者不在少数,唐家三少曾在节目中透露自己连续九年未有一日停更,有一次高烧到40度,晚上10点以后坚持爬起来写了8 000多字才休息。①

这种机制下作家们是文学艺术家还是文字匠人?或者说是"金钱的奴隶"?

现有的网文平台机制把作者当成奶牛,不停地催奶。作者的知识累积很快被"压榨"殆尽。为了对抗这种机制,作者们抱团合作,以团队生产来运作,建立维护一个具有人格化标识的作者品牌。这种"团队写作"手法在纸质商业出版领域早已见怪不怪:书商操作一个系列小说,为方便打造作者品牌标识,将所有作者署为一个作者名,而这个名字有可能是虚拟的。

新媒体时代的团队写作显然更受文学生产机制驱动。原创文学网站的类型小说动辄几百万字,按照起点中文网的签约条件,作者前20万字免费供读者阅读,更新了20万字之后才获得签约资格。20万字在纸媒出版中已经是一部长篇小说的规格,而在网文中才刚起了个开头。面对洋洋洒洒卷帙浩繁的类型小说体量,一个人的精力和知识累积已经不够用,用团队合作来抵御知识累积所需要的时间差异便成公开的秘密(这也是智能写作软件为何流行的原因之一,团队伙伴有可能是机器人)。许多知名大神背后,有可能是团队创作,"三五个写手轮番上阵,一部动辄百万的网络长篇半年就完成"②。自媒体平台因为其媒介属性更强,有时需追热点、保持时效性,要持续稳定的内容生产必得采用团队"作战"方

---

① 唐家三少在湖南卫视举办的综艺节目《天天向上》2013年第0322期《网络写手四强》中透露网络写作状况。

② 许苗苗:《作者的变迁与新媒介时代的新文学诉求》,《文艺理论研究》,2015年第2期。

式,比如知名自媒体咪蒙、六神磊磊等公众号的运作。我们似乎又回到了口头文学时代,只知有《荷马史诗》《诗经》,而不用理会其"真正"的作者是谁。不同之处在于,今天为了打造作者品牌 IP,必须要有一个符号意义上的作者。

这种适应新媒体文学生产机制下新的文学生产方式,更像是文学工业化大生产。文学更像是产品,而不是作品;新媒体的商业机制下,作家成了制作者,写作变得更像是制作,而不是创作。文学自古就带有商业化的特质,商业化并不是网络文学区别于古典文学传统、现代文学传统的根本特性。商业资本和新媒介叠加所带来的新的文学生产机制、新的文学生产方式,才真正重塑了当下中国文学。

以原创文学网站和自媒体为平台进行的网络文学活动对应信息文明时代,正在造就一次彻底的文学范式转型,这次转型可能比中国现代文学相对中国古典文学的范式转型更具有颠覆性。从写"我"到为"分众"而写、类型化模式化写作套路的适应与超越、大规模批量文学和团队写作,只是文学生产方式转变过程中呈现出的几个鲜明特点。从中可见:(1)"作家"真正面临"死亡"的危险。罗兰·巴特说作家"死"了,是从文本接受角度消解作者的"霸权",新媒体时代为受众写、类型化套路、团队写作中,作家个体的独创性"死"掉了。特别是原创文学网站小说类型化、机器人写作迎合的模式化需求,掩盖了作家"个性",是从文本生产的意义上来说作家"死"了,这才是真正意义上的个体"作家之死"。(2)从创作到制作,文学成为文化产业链的源头活水,成为游戏、影视、动漫的脚本,需要大规模的批量生产。文学终于也面临本雅明所说的"机械复制时代的艺术"的命运:审美"灵韵"退化。(3)文学产业化最大限度地释放了文学的活力,激发了民间原创文学力量的兴起,但文学也在产业化中消解着自身,或者说变成了另外一种形态。和"现代文学"传统相比,它更接近民间文学或口头文学的类型化、模式化套路,产业规模需要批量化、规模化的文学生产。但是它一直在变化,文学的"灵韵"如何在这种转型中延续、保存,是一个值得思考的问题。文学史已经或将要跨入一个新纪元。①

---

① 王侃:《最后的作家,最后的文学》,《文艺争鸣》,2017年第10期。

第四章

审美多元化时代的文学研究

近年来,当代文坛陷入一种"经典化"焦虑,尤其是新媒体时代来临,网络文学与泛娱乐产业链结合引发的种种媒介文化现象,让人眼花缭乱、无法把控。有关话题"常在各种报刊上出现,并成为许多论坛的议论中心,各种言说,显示出对当代文学经典化问题的无比焦虑"①。中国当代文学和古典文学比较而言在美学价值上一直评价不高,自 2007 年德国汉学家顾彬指出部分中国当代文学作品是"垃圾"的言论以来,各种反思、批评热议不断,一方面人们觉得当代文学应该要"争口气",一方面又对"轻率"的妄断产生质疑,继而引发对文学经典化的重新评估。在对经典标准和重写文学史纷纷攘攘的争议中,问题就来了:经典究竟由谁说了算?

一种观点认为:"最后'说了算的'是艺术的合法性,没有别的权力能让一部作品最终'胜'或'汰'。"②这种观点相信"经典"是由文学文本自身艺术合法性自然生成的。而实际上,现实中没有纯粹脱离了"话语权"的经典存在,话语权构成了文学史上的冲突与矛盾,确立谁为"正统"和"经典"。"经典化"焦虑源于传统文艺学中"经典诗学"的观念,即认为文学研究的对象应该是可供学者解读、阐释、评价和分析的有意义的文本,研究的目的就是给予文本评价并确立其在文学史上的地位,最后固化成由作家、作品链条串

---

① 陈美兰:《当代文坛的"经典化焦虑"》,《长江文艺》,2014 年第 4 期。
② 王乾坤:《经典谁说了算》,《读书》,2015 年第 1 期。

连起来的文学史。① 探求文学艺术合法性并以此为依据制定文学经典评判标准时,文学研究者本身即行使了审美"话语权"。基于这样的文学使命,从当代文学作品中拾得沧海遗珠便显得非常重要。

当今文学版图格局大变,文艺学界"经典诗学"的观念并没有动摇。但同时人们也越来越发现,无论圈内论争多么喧哗,文学评论界对当下文学的评论却处于"失语"状态。尤其在 2000 年初,一批文学新贵崛起——他们并不遵循主流文学界的审美评判标准写作,拥有自身一套新的文学准则。当文学评论界用经典诗学的审美标尺去衡量这批文学新贵时,引发了文坛轮番"口水大战"。主流文学圈的审美权力不时受到来自圈外的挑战,关于当代文学"经典化"的焦虑实质是主流文学圈对于自身"审美权力"衰落的焦虑。

种种现象表明:审美权力多元化时代已经来临。当下最急迫的可能不是用经典诗学观念来对当代文学进行经典化,而是从文学文本的评价转向对当下中国文化现场的关注,拓展文学研究的视野和空间,形成新的研究范式和方法。

第一节 经典诗学观念下的文学研究

对"经典"的探求和"经典诗学"研究本身可能并没有多大问题,问题出在人们对经典诗学观念的认识,因而有必要重新评估经典诗学观念下的文学研究。

"经典诗学"相信文学有内在的审美本质规律,并且可以被文学研究者认识,进而以此作为权威标准来裁定其他文学作品是否

---

① 高小康:《作品链与活动史——对文学史观的重新审视》,《文学评论》,2005 年第 6 期。

符合美学合法性。"对一部作品的权力裁定无论是大众的还是权威的之所以容易出问题、不甚可靠,通常在于蔑视了文学的'自然法'"。① 文学的"自然法"即为文学内在的审美本质规律,如果说有"权力"参与其中,这种"自然性""合法性"便"是权力之本原。但它不是别的权柄,也不是'话语权',它无言,也无形,可它在背后支配一切"②。然而,究竟文学本质的"自然性""合法性"到底存不存在呢? 即便存在,文学研究者能不能脱离了自身的话语系统抓住它呢?

这涉及人文社科哲学方法论的问题。20世纪早期,从索绪尔(Ferdinand de Saussure)的语言学发端,西方人文社科研究经历了方法论的大转折,从研究对象上厘清人文社科和自然科学的本质区别:首先,人文社科的研究对象是有意识的人或具有集体无意识的人类社会,并在交互的行为中产生并传达意义,因而人文社会研究的方法应与自然科学不同,从此人文社科也具有了自己的思想和方法论;其次,认识到研究人以及人组成的社会群体是非常复杂的,哲学社会科学不再像自然科学那样,试图发现一个普遍性的规律,而是阐释具体的历史的相对的规律。③ 这一思想方法论深远影响了哲学、人类学、社会学和文学,比如现象学造就了后来存在主义和诠释学等西方现代哲学;从舒茨(Alfred Schutz)的意义的建构,到米德的意义的集体协商,再到社会建构论、文化相对主义;用语言传达意义的文学更是如此,从语言学衍生出关于话语、意义、表征等新的文学文化研究理论,深刻地指导着我们今天的文学实践。从哲学方法论意义上讲,没有一种脱离了"话语""权力"的文学"自然性""合法性"存在,即便有,也是相对的文学"自然性"

---

①② 王乾坤:《经典谁说了算》,《读书》,2015第1期。
③ Benton T, Craib L. Philosophy of Social Science: The Philosophical Foundations of Social Thought[M]. New York: Palgrave, 2001:80-90.

"合法性"。

只不过,拥有绝对"审美权力"的群体所持文学"合法性"能获得更多的认同。所谓"审美权力",是指在一定历史时期在某种社会文化中,居于主流、掌握着文艺审美价值评判标准和鉴定标准的话语权力。它决定了什么样的作品更具有审美价值,什么样的作品是平庸之作,从而影响和引导社会大众的审美判断和审美趣味风尚。这个概念并不陌生,康德的"审美判断力"英文即为"Aesthetic Power of Judgment",康德的"审美判断"基于"共通感":"谁宣称某物是美的,他也就想要每个人都应当给面前这个对象以赞许并将之同样宣称为美的"①,要求有文化、有鉴赏力的文明人都要对其所宣称的"美"表示认同,这种美具有"主观的普遍有效性"②。掌握"审美权力"的文艺评论家的"审美判断"便会显得非常重要,尤其当代文化艺术的鉴赏越来越依赖于评论界的解释,譬如 20 世纪先锋艺术试验的经典杜尚的《泉》,如果没有其同道瓦尔特-阿伦斯伯(Walter Arensberg)将其解释为一种"可爱的形式"被"呈现出来",艺术展览上的一个小便器就不可能摆脱它的"功能目的",为人类"作出了审美贡献"。③

从将经典固化的文学史书写活动来看,"审美权力"贯穿了整部文学史。曹顺庆先生在考察中国古典文学史中的矛盾和冲突时,列举了两个典型的例子:尊《毛诗序》和反《毛诗序》的论争、"诗文正统论"和"文言正统论"。以对《毛诗序》的评价为例:汉代独尊儒术,《毛诗序》因集中承载了儒家文化思想、弘扬"诗言志"的本质

---

① [德]康德:《判断力批判》,邓晓芒译,杨祖陶校,北京:人民出版社,2002 年 12 月第 2 版,第 74 页。
② [德]康德:《判断力批判》,邓晓芒译,杨祖陶校,北京:人民出版社,2002 年 12 月第 2 版,第 50 页。
③ 参见百度文库:杜尚《泉》,贡献者:林加源,http://wenku.baidu.com/view/1060319b51e79b896802261d.html,2011-06-09。

而被奉为圭臬;魏晋南北朝时期重视个体生命体验和文学形式美的思想开始挑战《毛诗序》话语权,一个突出表现是"将辞采作为评价作品水准高低的重要标准,突破了《毛诗序》将政治教化功能作为评价文学唯一标准的藩篱",其后"聚讼千年的尊《序》与反《序》、废《序》之争则直接围绕话语权展开争夺"①。"诗文正统论"亦如此:"诗文在中国文学中长期被视为正统,古代士人与统治者通过教育、取士及创作与批评来巩固其在话语生成与言说中的正统地位,进而压制其他文体(如词、戏曲、小说)的发展。因而,从某种程度上讲,词、戏曲、小说的发展史是一部与正统诗文争夺话语权的抗争史。"②而"文言"因长期被掌握知识和文化权力的精英阶层所垄断,对传达民间通俗文化的"白话"进行排斥和压制,"其影响所及,文言文学作为高雅文学的代名词居于中国文学正统,与之相应的白话文学则作为通俗文学始终处于非主流的边缘地位而难以获得正统势力的认可"③。最后曹先生得出结论:"话语权是考察中国文学演进的结穴所在。"④"话语权"相当于本文所讨论的"审美权力",其使用范围更广,"审美权力"更具体地指对文学、文艺的审美评判话语权。可以看到,无论是关于文学内在评价标准,还是文体形式和文学使用语言,一部中国古典文学史经典的形成并不轻松。

20 世纪 50—70 年代中国大陆重新评定"文学经典"的过程中"审美权力"的作用更为明显。如果说以往文学史中经典秩序的形成是由各具审美话语权的派别论争演化而成,这一次则是将"分散"的审美权力集中到了统一的经典重评实施的审定机构并拥有制度保证,其任务是"确定不同文类、不同作家作品的价值等级,建构等级排列的基本'秩序',并监督、维护这一秩序,使其

---

①②③④ 曹顺庆:《话语权与中国文学史的研究》,《南京大学学报》(哲学·人文科学·社会科学),2013 年第 5 期。

不被侵犯,并在必要的时候,对具体作品性质的认定,以不同方式加以干预"①。其中方式之一就是"具有权威性质的文学理论体系的建立,其作用是为经典审定确立标准",涉及范围之广,"从时间上说,有古典作品和近、现代作品;从国别、地域而言,有中国和外国,以及外国的东西方等的区别"②。因为不同文化力量在文学经典问题上的摩擦,"在审定、确立的过程中,经过持续不断的冲突、争辩、渗透、调和,逐步形成作为这种审定的标准和依据,构成一个时期的文学(文化)的'成规'",比如经常用到的衡量尺度:"政治化阅读"被强调和提倡,带有消遣、娱乐功能的"通俗小说"等文类受到排斥;"强调文学文本在揭示'历史规律'、展示历史发展前景上的典型性和深刻性"等等。③此次"文学经典"重估活动影响深远,由此确立的一套权威文学审美评判原则贯穿文学研究、文学批评和大学文科教学中,形成一整套有关"经典诗学"的文学观念和研究法则。

  由此可见,"经典"的形成并不是文学"自然性""合法性"自发浮现的结果,而是充满了矛盾、冲突和论争,是拥有审美权力的主体以各自立场所探求到的"文学合法性"寻求普遍性"认同"的过程。认同在确立"是什么"的同时,也确立"不是什么",具有排他性,审美权力如果足够强大,其所确立的"经典诗学"观下的文学研究就会对文学活动中其他文学对象造成遮蔽。比如诗文正统对词、戏曲和小说形成的压制,比如文言文学系统对白话系统形成的压制,比如在崇尚阶级斗争为"重大题材"的文学经典秩序重估中,"茅盾自然是比老舍更重要的作家。而京派小说家和张爱玲等在40年代所倡导的'日常生活'的美学,也必然受到抵制"④。"打工文学"也是一个典型的例子,比较打工文学和王朔的"痞子文学"的

---

①②③④ 洪子诚:《中国当代的"文学经典"问题》,《中国比较文学》,2003年第3期。

不同遭遇:同是20世纪80年代中后期兴起、反映中国城市化生活的文学类型,为何打工文学被遮蔽而痞子文学凸显?一个重要原因是打工文学的"美学合法性"长期受到质疑,早期打工文学作品主要发表在面向市场的珠三角"打工杂志"上,一度被认为是没有文化的"地摊文学",而王朔的处女作《空中小姐》发表在主流文学权威期刊《当代》,随即又获得《当代》颁发的"当代文学奖"的"新人奖",其创作由此获得主流认可的"美学合法性"。打工文学直到2000年代初才正式进入主流文学界研究的视野,却一直因为"美学合法性"问题引发争议。

久而久之,人们会产生认识的错位:把主流文学圈的审美权力判断和文学"自然性""合法性"等同起来了。"经典诗学"观念下的文学研究以固化的文学文本为对象,试图探求文学内在的本质规律或文学"自然性""合法性",在20世纪80年代文化娱乐活动单一、审美相对均质的年代,比较容易获得受众的普遍性认同。然而这也是一种相对的文学"自然性""合法性",它在一定范围内有效,随着都市大众文化多元化发展、审美群落化现象的出现①,人们对主流文学圈的审美权力判断认同感越来越弱,直到2000年代初,终于爆发式地呈现不同审美群落之间的文化冲突。

第二节　审美权力多元化时代的来临

主流文学圈对当代文学"经典化"的焦虑,其实和自身审美权力认同感的削弱有关,主流的审美权力越来越受到来自不同文学群落审美判断的挑战。

---

① 高小康:《文学想象与文化群落的身份冲突》,《人文杂志》,2005年第4期。

2011年王晓明先生发文说今日之中国文学已"六分天下",中国大陆文学版图由"纸面文学"和"网络文学"各占一半,其中又划分出"盛大文学"模式的文学产业、博客文学、严肃文学、以郭敬明为代表的"新资本主义文学"等等。① 这个文学版图格局还在不断发生着变化,它反映的文学现实让文学界不得不正视:"当纸面的'严肃文学'在整个文学世界中的份额持续减少的同时,这个文学世界的版图,却是在逐步扩大的。"②

其实当代文学版图格局的变化从1980年代中后期就开始了。一个明显的标志就是主流文学期刊销量的急剧下滑:1990年曾经征订数突破百万的文学期刊的订数猛然下降到10万左右或不足10万③,即便像《人民文学》这样的国家级文学权威大刊,在1992年订数仅有10万多份,相对于80年代初期的150万份的辉煌业绩④,处境非常尴尬。以至于20世纪90年代初期"文学终结"的呼声高涨,有关"文学死了"的余绪影响至今。

同时其他多样的文学种类却在萌芽生长,慢慢占据文学版图。2000年代初,新的文学种类终于通过互联网浮出地表,审美多元化格局越来越明显,2006年几组标志性的文学事件可谓不同文学群落冲突的集中性爆发体现。比如作协体制内的作家洪峰街边"乞讨"声讨文化局欠工钱的行为艺术,与同年《南方人物周刊》专题《写小说,挣大钱:网络文学的黄金时代》,严肃文学体制内作家与网络当红作家的不同境遇形成鲜明的对照。比如2006年初轰动文坛的"韩白之争",以80后作家韩寒和评论家白烨为中心展开了一场旷日持久、牵涉多人的文学论战。评论家白烨先生认为:

---

①② 王晓明:《六分天下:今天的中国文学》,《文学评论》,2011年第5期。
③ 陈祖君,王立新:《论作为文化传播媒介的1990年代文学期刊》,《重庆交通大学学报》(社会科学版),2009年第3期。
④ 李明德:《当代中国文化语境中的文学期刊研究》,兰州大学文学硕士论文,2006年。

第四章
审美多元化时代的文学研究

"'80后作家'写的东西还不能算是文学,只能算是玩票。"韩寒在新浪个人博客上回应:"文学不文学,不由文坛说了算。文坛是个屁。"双方陷入一场文化混战。归根结底这起论争的焦点在于双方阵营各自对于文学理想的坚守,对彼此文学审美观念的不认同。比如2006年陶东风教授与《诛仙》作者萧鼎的"装神弄鬼"之争……这些争论显示的是不同的文学审美评判标准和文学观念的冲突,特别是主流文学批评家、研究者和新生的原创网络文学群落之间的文化冲突。当文学评论家和研究者用经典诗学的观念来解释当下的文学生产活动,运用文学审美权力对作品从诗性品质和审美层面进行文本分析并作出价值评判时,显然新生代作家及其粉丝并不认同这种审美权力判断,其创作也好,阅读也好并不遵循主流文学圈的审美判断逻辑。

这些被都市流行文化、新媒体文化喂养的"80后""90后"甚至"00后",拥有一套自身的审美观念,其对传统文学的"反叛""不买账"姿态往往令主流文学界的批评家和教授们"瞠目结舌"。"粉丝"文化中的作家和受众们确实没有进入主流文坛,因为他们自己在文学版图上开辟一块地来,插个旗子标榜主张着自身的文学审美权力。

然而情况并不仅仅发生在主流文学圈和"80后"为代表的网络文学新贵的交集碰撞中。"打工文学"被纳入主流文学圈的过程便是非常值得回味的个案。在王晓明先生"六分天下"的中国文学版图中,很难说清"打工文学"究竟属于哪一种文学类型,它既不是很"纯"的严肃文学,也很难说是"新资本主义文学",跟当下时髦的网络文学似乎也有差距,但它却是存在的文学群落。1980年代中后期到2000年代初,打工文学以打工杂志为载体在珠三角都市流行文化中红极一时,拥有自己的打工受众和"粉丝"圈。2000年代初,打工文学逐渐获得主流文学审美权力的认可,进入主流文学的殿堂。有意思的是,打工作家大部分对自己作家身份前面冠以的"打工"二字感到不满,认为是主流文学圈的一种"歧视",在渴望文学成就得到认同的他们看来,"作家"前加"打工"二字,表明了主流文学圈并非完全真正地将他们这群由"打工仔"身份转化而来的作家融入自己的群落,仍然是一种不认同的姿态。从这方面来看他们对主流文学圈的认同是非常在意的;但另一方面,他们觉得主流的"不认同"往往表现在对其作品文学性和审美性的贬低和批评中,比如当南帆先生提出"打工文学需要深化"时,激起了打工作家们的反驳:"打工文学"不需要深化。① 在走向主流文学的过程中,一部分打工作家认同主流文学圈的审美权力,但并不认同主流的文学评价标准尤其是僵化保守的文学评价体制,一部分作家在质疑中逐渐将主流文坛的承认置之度外,一部分则走上了商业文学和网络文学的道路。被称为"打工文学"的文学种类并没有完全被纳入主流文学圈,而是走向了分化,生存的考虑是主要原因,但对主流文学圈"经典诗学"观念下评判体系的不认同也是非常重要的因素。

以追求"纯文学"或"严肃文学"的主流文学再也无法重现20世纪80年代"振臂一呼应者云集"的轰动效应,主流文学权威的审美权力在粉丝文化时代逐渐失效。一个事实是:面对当下,尤其是新媒体时代新鲜而复杂的文学经验,传统"经典诗学观念"和文学理论的解释力越来越捉襟见肘,甚至文学评论界常常被批评处于"失语"状态,一个原因可能是粉丝文化时代对文本作出任何一种价值评价要非常小心,另一个原因是理论很多但阐释的有效性很弱或只能"强制阐释"。今天的中国文学再不是铁板一块,越来越多"非主流"文学现象带着各自的审美趣味主张正在来袭。

---

① 何真宗:《"打工文学"不需要深化》,http://blog.sina.com.cn/s/blog_4b52a3510100e75q.html,2009-08-19.

第三节 文化现场:研究思路与路径

当代中国文学版图还在活态变动中,"互联网+"时代基于文学和影视、游戏、动漫等产业的跨界整合,给文学带来了多种可能性,人们没法预料未来的文学样态将会发生什么变化,可以想见,未来对当下文学史的写作会非常困难。首先,如果继续用印刷媒介时代的文学观念以主流文学圈自身的文学审美"合法性"对当下文学进行"经典化"吸纳,将其串连到文学史的"作品链"条上,那么,当下文学鲜活的异质多样化元素将会被遮蔽;其次,基于自身审美立场的文学史"经典"评价对于当下文学创作活动来说意义可能不大,久而久之将形成自我封闭的小圈子,无法在公共话语平台实现有效的交流。

面对当下复杂多样的文学版图,文学研究该如何切入呢? 在重写文学史的讨论中,一些学者开始重新审视以往的文学史观。高小康教授很早就提出文学史应该是"作品链和叙述语境发展演变的历史",要关注文学作品链背后的"活动史"①,并认为"文艺理论研究需要从经典的、普适性的理论观念到非经典的多样性理论观念的转变"②,建立一套"非文本诗学"③。笔者在此基础上尝试提出"文化现场"的思路,探讨一种新范式的可能性。

所谓"文化现场"指对文学活动的各方面进行整体性考察分析,从文学文本拓展到文学发生的现场。"文化现场"有点类似于"文化考古学"的思路,当器物发掘出来时,考古学不仅仅关心器物

---

① 高小康:《作品链与活动史——对文学史观的重新审视》,《文学评论》,2005年第6期。
② 高小康:《文艺生态与文艺理论的非经典转向》,《文艺研究》,2007年第1期。
③ 高小康:《非文本诗学:文学的文化生态视野》,《文学评论》,2008年第6期。

的形制、花纹、材质、审美、年代等方面，还关心器物发现时的位置、位于哪个"文化圈层"，并用"出土文物"和"传世文献"相结合的方法，探讨器物在它被使用的年代如何在人们日常生活中发生作用，以此深入到人类历史文化发展的机制。如果把文学作品比作考古器物，"文化现场"思路下的文学研究不仅关心文学文本本身，也不急于用自身的审美权力判断对文本作出价值评判，而是要对文学文本诞生的环境作整体性考察。

首先，就研究对象而言，"文化现场"的思路意味着把文学关注的对象从少数固化的文本扩展到更广阔的研究领域。文学研究的对象不再限于主流文学圈的严肃文学或纯文学创作，或获得主流文学审美权力认同的文学创作，而是抛开"美学合法性"认同的偏见，关注当下中国文学版图中所有值得研究的文学现象和文学创作活动，因为这是最大的"文化现场"。那么，韩寒、郭敬明等"80后"作家不论他们有没有进入当代文坛，有没有获得主流文学圈的接纳，其文学创作活动不可否认是当下文化现场的一部分。此外还有正在形成一种新的文学存在样态的"互联网＋"时代的文学，无论是"盛大文学"还是收购到腾讯旗下的"阅文集团"，中国文学从来没有像今天这样发生颠覆性的变革，文学从封闭的个性化写作转向为读者、粉丝写作，构成了庞大的文学文化产业链，文学更倾向于"文学产业"，而不再是古典精雕细琢的传统工艺。中国网络文学产业发展在世界范围内也是走在前列，从"山寨文化"阶段走向"全民创作""全民阅读"阶段，这一点在新一代"90后""00后"身上表现得尤为明显。"盛大文学"公司前CEO侯小强甚至预言未来的中国文学："没有什么传统文学、网络文学，文学就是文学，所谓的'网络文学'可以退出历史舞台了。将来文学将完成在网络平台上的统一。"无论中国文学场域发生什么样的变化，当下文化现场的文学生产活动和以往大不一样了。

其次，就研究范式而言，"文化现场"的思路需要从以文本、理论为中心转向文学活动、历史文化环境等文本诞生的"文化现场"。这不等同于文学史教科书上简单的时代背景、社会文化背景等泛泛的交待，而是深入到文学活动的内在机理。如果把文学活动当作文学产业来看待，它有一整套运作机制，需要留意的有很多环节：作家进行"文学生产"、文本内容、传播渠道、文学受众（包括普通读者、粉丝和批评研究者），以及所有环节背后的文学生产制度，所有这些加上文学社会文化语境，构成了文学的文化生产机制。比如《荷马史诗》是西方文学源头的经典文本，而同时也是西方古代"口头消费文学"；以往文学研究中人们关注那些浮出文化地表的经典之作，而忽略了创作者是如何生存的，人们很少关注文人怎么写书挣钱，好像作家不需要吃饭不需要养家糊口一样。从这个意义上讲，一部中国古典文学史中大部分作家都不是专职从事写作的"业余作家"，"唐宋八大家"首先是将政治才华"售与帝王家"的官员。而因为"经典"评估体系对"商业文学"的蔑视，商业小说等只能是"稗官野史"。情况到今天发生了逆转，纯文学时代是生产决定消费，受众时代是消费决定生产。如果说纯文学时代的文学卖场是以主流纯文学期刊为平台的"供销社"，受众时代的文学卖场则是以各种新媒体为平台的"文学超市"。文学生产机制变革带来了文化现场各个环节的变化，需要对各个环节进行分析观察而后形成整体性研究。

最后，就研究理论和方法而言，"文化现场"的思路意味着内部研究和外部研究相结合，从经典文本分析和理论阐释方法转向跨学科的研究路径，特别是借鉴文化研究、文化人类学、文学社会学和媒体文化研究的理论与方法。比如文化人类学研究强调"现场"的田野调查，本身暗含一种价值中立立场，即研究者对自身所处的价值立场和文化观念保持审慎的检视，不以自身的文化规范和价值尺度来评判他者或要求他者，而是跳出自身立场的局限，以一种

"理解"和"同情"的态度来看待研究对象,参与和体验其中,撰写"民族志"需尽量对文化的历史性和特殊性保持冷静和客观。或许文学没法摆脱价值评判,因为文学批评本身就是要求作出一种审美判断;但就具体的文学研究过程来说,这种对待研究对象的态度和方法或许是可以借鉴的。而从当下中国文化现场的发展趋势来看,受众和粉丝文化时代已经来临,用传统理论阐释文本的分析方法已经不能给出合理的解释。比如玄幻仙侠小说《花千骨》单从文本本身实在看不出有何过人之处,连它的少数读者都批评其情节幼稚过于"玛丽苏"、语言文笔粗糙,但还是阻止不了小说及改编的同名仙侠剧在网络的红火,电视剧还未完结其在优酷的网络播放已逾2亿次,一时成为现象级的优质内容产品。"互联网+"时代跨界整合成为时尚,如果不寻求文学研究新方法的突破,文学研究者将无从下手,更不用说和当下文学进行有效的"沟通"。

文学"经典"的形成过程实质是运用审美权力对文本作出价值评判,然而文学的自然美学"合法性"是一个值得商榷的问题。"文化现场"的思路并非简单地否定"经典诗学"的文学研究观念,而是在原有观念和方法的基础上对当下文学研究视野的拓展和深入。面对当下中国大陆文坛审美权力多元化的局面,当下文学研究更紧迫的不是寻找"经典"急迫地进行审美价值评判,而是理清当下的中国文学究竟发生了什么或正在发生什么,不仅关注文学文本为何在这个时代流行,而且要关注这个文学文本流行的整体发生机制,这也是文学研究者介入当下文学生活的一种方式。

网络文学研究领域已有大量的先行者。20世纪末网络文学诞生早期,并未引起学界注意。21世纪初,开拓者如欧阳友权、黄鸣奋、周志雄、陈定家等,敏锐地觉察到超文本等新生文学现象。欧阳友权教授主编的《网络文学概论》为该领域第一部教材,第一次将网络文学引入大学课堂。2010年以来,随着网络文学进入IP

化阶段,相关研究也从现象层面向各个方向精细化拓展。网络文学与传统文学、新媒介、流行文化的关系及新的审美特征是持续关注的焦点。欧阳友权及其团队致力于梳理网络文学资源,编著有《网络文学文献数据库》《中国网络文学二十年》,在此基础上对网络文学发生、评价体系等问题进行探讨①;邵燕君及其团队从"社会症候式"角度解析网络经典类型小说,探讨其互动写作、与青年亚文化的关系②;周志雄、范伯群等从通俗文学传统中寻找历史参照系③,何平则认为"网络文学就是网络文学",有其新特点④;网络文学的"游戏化"特征被认为是区别于传统文学的重要方面⑤。人工智能渗入网络文学写作是新的关注点,欧阳友权、黄鸣奋、邵燕君、韩少功等均有论述⑥。

网络文学海外传播研究自 2015 年开始出现新方向,最初集中于网络文学在海外的传播区域、概况、特点以及走红原因的总体概括⑦,肯定其对文化输出的积极意义⑧。网络文学的民间翻译模

---

① 欧阳友权:《中国网络文学二十年》,南京:江苏凤凰文艺出版社,2019 年。
② 邵燕君:《网络文学经典解读》,北京:北京大学出版社,2016 年。
③ 周志雄:《通俗文学版图中的网络小说》,《文艺争鸣》,2016 年第 11 期,第 74-81 页;范伯群,刘小源:《通俗文学的传统与网络类型小说的历史参照系》,《中国现代文学研究丛刊》,2015 年第 8 期,第 100-114 页。
④ 何平:《网络文学就是网络文学》,《文艺争鸣》,2017 年第 6 期。
⑤ 许苗苗:《游戏逻辑:网络文学的认同规则与抵抗策略》,《文学评论》,2018 年第 1 期;黎杨全:《虚拟体验与文学想象——中国网络文学新论》,《中国社会科学》,2018 年第 1 期,第 156-178、207、208 页。
⑥ 欧阳友权:《人工智能之于文艺创作的适恰性问题》,《社会科学战线》,2018 年第 11 期;黄鸣奋:《人工智能与文学创作的对接、渗透与比较》,《社会科学战线》,2018 年第 11 期;韩少功:《当机器人成立作家协会》,《读书》,2017 年第 6 期。
⑦ 邵燕君:《美国网络小说"翻译组"与中国网络文学"走出去"》,《文艺理论与批评》,2016 年第 6 期。
⑧ 庄庸,安晓良:《中国网络文学海外传播:"全球圈粉"亦可成文化战略》,《东岳论丛》,2017 年第 9 期;杨俊蕾:《中国网络文学的叙事转向与文化输出》,《人民论坛》,2017 年第 24 期;吴长青:《中国网络文学的社会影响力及海外传播》,《世界华文文学论坛》,2017 年第 2 期。

式对中国传统文学外译的启示是讨论热点①,郑剑委用统计学方法对海外网络文学翻译网站进行分析②,刘毅探讨了网络文学中武术文化的译介与传播③,王祥讨论了网络文学海外传播的理论认知问题④。邵燕君从全球媒介革命视野对中国网络文学的定位尤其值得关注,她认为"中国网络文学及其原创生产机制的海外传播正在推进人类文学生产从纸质时代向网络时代过渡"⑤。

由于西方国家本土的网络文学并不发达,国外学者对中国网络文学的研究相对滞后。国外以英国伦敦大学汉学家贺麦晓(Michel Hockx)最为知名,其专著 *Internet Literature in China* 对中国早期网络文学进行了概述⑥。Alexander Lugg、段梅洁、冯进、Jie Lu、Michael 等从经济、文化等若干角度对中国网络文学现象展开解读⑦。

或许让我们尴尬的是,当代文学研究者介入中国网络文学现

---

① 邵燕君:《美国网络小说"翻译组"与中国网络文学"走出去"》,《文艺理论与批评》,2016 年第 6 期;王才英、侯国金:《〈盘龙〉外译走红海外及对中国传统经典文学外译的启示》,《燕山大学学报》(哲学社会科学版),2018 年第 3 期;阮诗芸:《中国网络文学的海外传播对翻译研究的启示》,《燕山大学学报》(哲学社会科学版),2019 年第 1 期。

② 郑剑委:《中国网络文学的海外接受与网络翻译模式》,《华文文学》,2018 年第 5 期。

③ 刘毅等:《网络文学中武术文化的译介与传播——以北美网络翻译平台"武侠世界"为例》,《西南交通大学学报》(社会科学版),2018 年第 6 期。

④ 王祥:《网络文学海外传播的理论认知问题》,《文艺报》,2019 年 2 月 27 日。

⑤ 邵燕君等:《媒介革命视野下的中国网络文学海外传播》,《文艺理论研究》,2018 年第 2 期。

⑥ Michel Hockx. Internet Literature in China[M]. New York:Columbia University Press,2015.

⑦ Alexander Lugg. Chinese online fiction:taste publics, entertainment, and Candle in the Tomb[J]. Chinese Journal of Communication, 2011, 4(2);Michael S C Tse,Maleen Z Gong. Online Communities and Commercialization of Chinese Internet Literature[J]. Journal of Internet Commerce, 2012, 11(6);Jie Lu. Chinese Historical Fan Fiction:Internet writers and Internet literature [J]. Pacific Coast Philosophy, 2016, 51(2).

场并非那么容易。首先,一部网络类型小说动辄四五百万字,需要耗费大量的时间和精力来研究,而按照精英文学"经典"的审美评判标准,当下网络类型小说大多"乏善可陈",是年轻作者"自我膨胀"、欲望释放的产物,花费有限的时间来阅览是否值得?其次,我们既有的"经典"评判标准和研究路径均来自于印刷时代的文学理论,尤其是西方理论的影响力过于强大①,而新媒介革命重塑了全新的文学生活,我们还没有建构出一套新媒介机制下的研究方法和理论体系,没有既定的理论范式可供效仿和参照,我们缺乏进入"文学现场"的"洛阳铲"。此外,网络文学和新媒介融合带来的新文化现象仍处在不断变动之中,尚没有形成稳定的结构特征,不像考古学现场已经形成稳定的文化遗留。因而,与我国网络文学发展的强劲势头和规模相比,相关研究和理论创新仍然少得可怜。

新媒介给文学带来的新变化被认为是"千年未有之变局",面对日渐繁盛的网络文学,当前最紧迫的是建立一套网络文学批评话语体系,形成网络文学独特的研究范式和新媒介文艺理论(网络文艺学)②,这在网络文学研究界已成为共识。受印刷文明哺育长大内怀精英立场的学院派文学研究者,或许应卸下文化精英的包袱,以"学者粉丝"身份介入网络文学"文化现场"。如邵燕君教授组建北大网络文学研究团队,将学院派精英文化培养出来的导师与伴随网络文学一同成长起来的"90后"学生相联合,逐渐从网络文学的内部生发,关注网络类型小说及文本,走出了一条不同于以往的研究之路。③ 近年来,一批读着网络文学长大的"90后"博士学业有成进入高校网络文学研究阵营,如刘小源、林品等,作为网

---

① 袁红涛:《突破与转型:中国网络文学研究二十年的历程》,《济南大学学报》(社会科学版),2018年第5期,第96-101、159页。
② 单小曦:《媒介与文学:媒介文艺学引论》,北京:商务印书馆,2015年。
③ 刘小源:《来自二次元的网络小说及其类型分析》,上海:东方出版中心,2019年。

络"原住民",他们是网络文学的读者粉丝甚至作者。这批新生研究力量的介入或许能真正从网络文学的"文化现场"出发,按照网络文学场域自身的发展逻辑去影响网络文学的未来,践行邵燕君教授所谈论的新旧媒介交替之际面临文学文化传统的割裂和断层、引渡经典文明的努力。①

---

① 邵燕君:《网络时代的文学引渡》,南宁:广西师范大学出版社,2015年。

第五章

时代之文学:网络类型小说

网络类型小说是今日时代之文学,也是当下网络文学创作与消费的主流。网络文学进入商业化、IP 化阶段之后,类型化的长篇小说大面积覆盖了原创文学网站,"改写了网络文学的面貌,也改写着当代文坛特别是小说创作的整体格局。这不仅是文学认知的需要,也是时代文化建设的课题"①。网络类型小说随着原创网络文学 VIP 制度的兴起而自觉生成,是读者粉丝、原创文学网站和网络作家共同选择的文学形式。网络类型小说本质上属于大众通俗流行文学品种,以大众读者粉丝的审美偏好为重要导向,是都市审美越来越趋向群落化、市场细分的产物,它显示的是不同文学群落多元化、个性化的审美趣味需求。从这个意义上讲,网络类型小说是充分市场经济化的文学品种,表征着大众在这个时代的审美心理。网络类型小说是资本和新媒体技术作用下由新的文学机制生产的产物,和传统通俗文学相较有不同的特点,有着独特的审美特质。

第一节 网络类型小说的通俗文学参照系

网络文学发展到网络类型小说阶段,人们从中国通俗文学传

---

① 欧阳友权:《网络类型小说:机缘和困局》,《学习与探索》,2013 年第 2 期,第 122—125 页。

统去寻找网络类型小说的历史渊源,认为网络类型小说是被五四新文学"现代性"所压抑的那个通俗文学传统在网络空间的激活与填补。①

2014年7月首届"全国网络文学理论研讨会"上,李敬泽明确将网络小说定性为通俗文学,指出其基本形态就是类型小说。他在追溯网络小说发展的历史时说:"晚清和现代,随着中国社会的现代化进程,通俗文学有过很大的繁荣,晚清的通俗小说类型已经很丰富,后来有了鸳鸯蝴蝶派、张恨水、还珠楼主等等,在当时有很大影响。"②这个通俗文学传统与被雅化的严肃文学传统形成鲜明的对照。沿着这条线索,"从农耕文明时代市民文学的代表冯梦龙们到工商资本时代的张恨水们再到信息网络时代的唐家三少们是有着血缘关联的"③。冯梦龙们的通俗文学依托于雕版木刻印刷,是农耕文明时代的市民文学,冯梦龙所谓"话须通俗方传远,语必关风始动人",其文学主张就是让市民觉得通俗易懂并借此讽喻世人,达到警世醒世的目的,与其编撰"三言"的文学实践行动一致。晚清民国的鸳鸯蝴蝶派文学依托于机械印刷纸质出版,是工商资本主义时代的市民文学。中国类型小说在这个时期得到基本定型:类型发展成熟,每种类型都有杰出的代表作家、代表作品。例如:武侠小说的代表作家平江不肖生向恺然,其代表作有《江湖奇侠传》《侠义英雄传》;还珠楼主李寿民是从武侠过渡到仙侠小说的关键人物,其代表作《蜀山剑侠传》开创了"神魔斗法"的高幻想世界,将中国武侠在民国推向了高潮;言情小说大家张恨水代表作有

---

① 黄发有语,见中国作家协会创作研究室选编《网络文学评价体系虚实谈》,北京:作家出版社,2014年,第252页。
② 见中国作家协会创作研究室选编《网络文学评价体系虚实谈》,北京:作家出版社,2014年,第12、13页。
③ 范伯群,刘小源:《通俗文学的传统与网络类型小说的历史参照系》,《中国现代文学研究丛刊》,2015年第8期,第100-114页。

《啼笑因缘》《金粉世家》等,其中《金粉世家》至今仍然是被热捧的经典IP,而张恨水也凭借手中一支笔养活了一家大小;程小青则将侦探小说中国化,发展了侦探小说这一类型。由于晚清民国报刊业开始发展起来,当时通俗小说作家多为报人,或是编辑、记者,或是自由撰稿人,通俗小说多于报刊副刊连载的方式传播,这和后来金庸一手办《明报》一手写武侠小说的方式颇为类似。张恨水的《金粉世家》约一百万字,于1927年2月开始在《世界日报》的副刊《明珠》上连载,连载历时5年,与网络类型小说在网站连载的方式也有异曲同工之妙。当大陆类型文学传统断层30多年时,武侠、言情等类型小说在港台得到了发展,并于1980年代中期传播到大陆风靡一时。

　　网络类型小说以网络新媒体为依托,是信息时代的消费文学。如果从类型文学的脉络来看,还珠楼主、金庸、古龙等武侠小说创造的传统和侠义精神"依旧流淌在网络类型小说的血脉中,它们或融入仙侠、洪荒等玄幻题材中继续发扬光大,或被武侠、仙侠背景的网游小说吸收融合,又或在粉丝二次创作的同人作品中得到充实、延续与发展"。网络言情小说则"继承了张恨水,以及后继者琼瑶、亦舒等新言情小说的精华……同时又结合科幻、魔幻等题材发展出了穿越时空、末世异能、重生文等多种题材分支。……言情小说中也有像《品花宝鉴》那样描写同性恋的'耽美小说',而当年的宫闱小说与现在的宫斗小说为同类"[①]。而网络类型小说中的穿越和同人等今天看来比较新鲜的类型,也能在晚清、民国找到参照系。比如1905年第28号的《南方报》开始连载的《新石头记》,署名"老少年"是吴趼人的作品,讲述贾宝玉、孙悟空等一行人穿越到晚清的上海,和薛蟠等看新报、吃西餐,又北上游历感受乌托邦的

[①] 范伯群,刘小源:《通俗文学的传统与网络类型小说的历史参照系》,《中国现代文学研究丛刊》,2015年第8期,第100-114页。

"文明境界"。只不过网络类型小说中的穿越大多是现代人穿越到古代,晚清、民国的穿越小说是古人穿越到当时的"现代"。晚清同人小说比比皆是,如《红楼梦》同人文便有不少。其中有一则同人小说写道:荣国公贾荣托梦给贾政,告知贾府大难将至,而能力挽狂澜者非林黛玉莫属,让贾家善待黛玉。今后还要靠她振兴贾府。贾政自此愈发厚待黛玉。而原著中那个较弱的林妹妹突然病体痊愈,执掌家政,手段利落比王熙凤有过之而无不及。贾府危难之际,一众贼人围攻贾府,林黛玉率领贾府上下众家丁抵御了贼人强盗的攻击,最终贾府得以保全。这个故事读来令人忍俊不禁,可想晚清文人中不忿《红楼梦》的悲惨结局,要亲笔操刀续写林黛玉的命运。

以上种种,可以例证网络类型小说和传统通俗文学的血脉渊源关系。如果再往上追溯到古代文学传统,网络类型小说承接了自变文、魏晋志怪、唐传奇、宋书话、明清小说、鸳鸯蝴蝶派和金庸古龙等为代表的武侠,以琼瑶为代表的言情等港台通俗文学的轨迹。①

诞生于世纪之交的中国网络类型小说比中国传统通俗文学内容更为广阔,因为在其基础上还吸收了欧美魔幻文学、日本动漫、轻小说等全球流行文化元素,即来自全世界的通俗流行文化资源。比如对早期中国网络幻想文学影响最大的是欧美奇幻文化"龙与地下城"(Dungeon and Dragon,常用缩写 D&D 和 DND)体系。"这一体系在 1970 年代起源于桌面角色扮演游戏,其后发展出小说、漫画和电子游戏,在 1980 年代至 21 世纪初占据欧美奇幻文学的主流地位。D&D 体系在 1990 年代被翻译至中国台湾地区,并在 1998 年由《大众软件》增刊正式引进到中国大陆。这一体系在

---

① 范伯群,刘小源:《通俗文学的传统与网络类型小说的历史参照系》,《中国现代文学研究丛刊》,2015 年第 8 期,第 100-114 页。

第五章
时代之文学：网络类型小说

中国以《无冬之夜》《博德之门》《冰风谷》等电子游戏为主要载体，经由中国最早的一批网民进行传播，在它影响下产生的文学创作高度依附于网络。"①中国网络文学在其影响下产生了西方中古世界背景下"剑与魔法"的故事，在2003年前后发展出比较成熟的网络奇幻小说。21世纪初，吴文辉等创建玄幻文学协会及起点中文网时，受到当时全球畅销的西方魔幻IP《哈利·波特》以及后来的《魔戒》的影响，他们的目标是创立中国自己本土的幻想文学。这一时期魔幻故事席卷全球，被叶舒宪教授概括为"新神话主义"潮流：反抗资本主义和现代生活，回归和复兴神话、巫术、魔幻等原始主义幻想世界的诉求，引发全球"重述神话"运动。②中国网络幻想文学亦将目光从最初追逐欧美的奇幻故事，转向遥远古老的东方幻想，用想象力重建中国本土神话，将玄幻修仙类别的类型小说书写到极致。

中国网络文学不仅"继承"和"拿来"了古今中外的通俗流行文学资源，并在新媒体时代与中国本土社会生活相结合创生了新的文学类型。比如"继承"之后注入现代新鲜元素而发扬光大的"穿越""耽美""同人"等，"拿来"之后加以本土化改造的"科幻""盗墓"等。中国网络文学本土原创的有"重生""宫斗""宅斗""炼级""游戏竞技"小说等类型。不仅如此，中国网络类型小说还通过"细分""交叉"在原有类型小说基础上创造了更加丰富多变的文学品种。一种是在各种"类型文"的大类别之下，细分出各种更细小的类别，如"修仙"类别中细分出"古典仙侠""幻想修仙""现代修仙""洪荒封神"等子类型，"玄幻"类别中又细分出"凡人流""无限流"等子类型，"都市言情"类别中又细分出"甜宠文""霸道

---

① 邵燕君：《网络文学经典解读》，北京：北京大学出版社，2016年，第50页。
② 叶舒宪：《新神话主义与文化寻根》，《人民政协报》，2010年7月12日。

总裁文"等子类型。① 另一种是大类型之间通过交叉、混搭、跨越之后形成新的类型品种,比如历史军事小说和架空小说混搭而成的军事架空小说,"后宫＋历史＋穿越＋重生"不同元素交叉混搭之后形成的新品种(如秦简著《庶女有毒》,2012年首次连载于潇湘书院),"修仙＋都市＋耽美"等元素交叉混搭而成的新类别(如priest著《镇魂》,2012年起连载于晋江文学城),"玄幻修仙＋古典言情＋耽美"等元素交叉混搭而成的新类别(如墨香铜臭著《魔道祖师》,2015年起连载于晋江文学城),呈现多种类型杂糅的局面。多种小说类型之间的杂糅、交叉、拼接也成为网络类型小说突破类型化、模式化套路,加以创新改造的一种方式。网络新媒介为多种小说类型的实验提供了无限的可能性,随着时间和社会生活的推移,网络文学类型还有可能产生更多新鲜的品种,且一直处于流动之中变化无穷。

  尽管我们将网络类型小说称之为"时代之文学",并从中国通俗文学和国外通俗流行文学中寻找到网络类型小说的渊源,给它贴上"通俗"的标签,实际上,网络类型小说已经超出了通俗文学所能涵盖的容量。正如何平教授所言,网络文学就是网络文学。我们所谓的典雅文学和通俗文学的分界是以文学权威的审美权力,根据经典观念建构起来的文学史叙述。譬如《西游记》可以看作魔幻小说的鼻祖,在明清时期经典观念生成的时代,它经由文学史叙述成了文学史上的经典。譬如不妨将《红楼梦》看作一部言情小说,贾宝玉是"情种",小说中处处写"情",经由点评成了文学史上的"经典"。再譬如曾经被文人所不齿的宋词,"词为艳科",为烟花巷勾栏瓦肆处所流行,主张"诗言志"的士大夫是不屑作词的,词的雅化是后来的事情。将通俗文学品种通过"加冕"的方式纳入主流

---

① 邵燕君:《网络文学的"网络性"与"经典性"》,《北京大学学报》(哲学社会科学版),2015年第1期,第143-152页。

文学叙述,使之雅化的例子,文学史上比比皆是。以网络文学发展二十年的文学实践来看,它"改变了精英文学想象和叙述文学的单一图式,修复并拓展了大的文学生态,而实践的成果累积到一定程度,网络文学必然会成为自己历史的叙述者"。何平教授提出一个富有意味的话题:在取得自我叙述的权力后,网络文学还愿不愿意在传统的文学等级制度中被叙述成低一级的"俗"文学?网络文学愿意不愿意自己被描述成中国现代俗文学被压抑的报复性补课?甚至愿意不愿意将自己的写作前景设置在世界文学格局中发育出的"中国类型文学"?①

世界范围内通俗文学都具有类型化、模式化特点,且都不怎么受文学史叙述者的待见。刘慈欣就不认同自己的科幻小说被划分入类型小说的类别之中。按照经典诗学的思路将网络文学纳入传统文本分析的框架,何平教授将当下的网络文学做一个粗略的排序:小说、复杂的故事、爽文,以及为影视剧、网游、动漫等产品定制的故事脚本。这个序列中的网络文学在文本上呈"审美衰减"的趋势。② 何平教授认为网络文学中真正符合现代文学意义上的"小说"文本是非常少的,例如网络文学发展早期草创阶段续接现代文学风格的文本,VIP版权签约制度和盈利模式制度建立之后,"类似沧月、南派三叔、梦入神机、天下霸唱、猫腻、月关、骁骑校、烽火戏诸侯等的网络小说依然和现代文学有很深的近缘关系,他们的经典性也可以在现代文学传统谱系上被识别和确认"③,而其他一些文本比如天蚕土豆、骷髅精灵等的网络文学则更接近"网络脚本",是文学性在其他产业链上的增殖,或者说泛文学。这不是经典文学史叙述所关注的类别,或者换个说法,它们没法用经典的审美标准来评价和衡量。至少就目前的研究现状来说,即便是近年

---

① 何平:《网络文学就是网络文学》,《文艺争鸣》,2017年第6期。
②③ 何平:《再论"网络文学就是网络文学"》,《文艺争鸣》,2018年第10期。

来比较火的科幻文学研究,也没有形成一套行之有效的科幻文学理论和方法。网络文学尤其是网络类型小说的评价体系及相关研究方法理论目前还处于探索阶段。

第二节　网络类型小说的"模式化"特质

网络文学尤其是占绝大部分分量的网络类型小说因为新媒介技术和资本的加入,和当下人的生活现实相结合,呈现出区别于传统严肃(纯)文学的新的审美特质。

网络类型小说最显著的审美特质是模式化。一切畅销的都是模式化的,网络类型小说作为以受众为中心的通俗文学,追求畅销流行完成市场交换是属性。所以网络类型小说首先要满足普遍大众的审美需求,传统严肃文学所要求的"审美性"标准并不是第一位的。世界范围内的通俗流行文学都有着相似的模式和程式,从新媒体时代越过印刷媒体回溯到口头文学时代,流传于民间的童话故事和民间故事就是类型化模式化文学的代表。网络类型小说在承接中国传统通俗文学的模式化基础上,还吸收了当下全球流行文化模式化特点(或网络文学作者和读者共同分享心领神会的套路)。

网络类型小说借鉴了好莱坞"个人英雄主义"模式。当然这一模式并不是欧美流行文化独有,中国传统民间故事或通俗文学中也不乏"个人英雄"的影子,但拘于东方文化中的集体主义传统,"个人英雄"风格并不明显。网络类型小说相较传统民间英雄故事,更注重"个体"在参与一系列社会实践中的成长。比如,一种经典的个人英雄主义模式为主角和小伙伴们的历险故事:主角和小伙伴们是正派,主角是 A,他(她)的小伙伴是 A1、A2、A3、A4 等等;以主角为代表的正派要完成一项行动,通过这个行动可以达到一种正义的目的(拯救百姓、苍生,拯救世界、拯救地球、拯救银河系等等),完成主角及其伙伴们的成长与升华;在正派执行行动的过程中,一定会出现对立的力量反派B,B是反派大BOSS,以B为代表的反派及其同伙B1、B2、B3、B4等必须要阻止以A为代表的正派完成行动。其中,为了推进情节曲折回环,会设定正派中某个小伙伴比如A3与A产生误解,或被挑拨离间出卖了A,加入反派正营。主角A和正派小伙伴们最终克服重重困难完成了行动到达目的地,反派阴谋失败,A3痛彻醒悟或最终身死。故事的主干模式就是如此,中间还可以根据需要删改增加部分枝节。符合"个人英雄主义"模式的好莱坞经典影视有《魔戒》《变形金刚》《X战警》《黑客帝国》等等。细细思量,《西游记》也差不多是这种模式。这种模式大量地被运用于网络玄幻仙侠小说如《佛本是道》《花千骨》《我当道士那些年》等等中。

　　网络言情小说则借鉴了韩国言情影视、港台言情影视小说等的叙述模式,比如经典作品《流星花园》《粉红色唇膏》《浪漫满屋》等。一个经典的言情小说套路(模式)通常是这样的:第一女主角通常很特别,虽然不是最漂亮的但一定有某种迷人的特质,自带"玛丽苏"光环,让男一、男二甚至男三都喜欢上了女一号,但女主角内心只喜欢第一男主角,男二是女一号背后默默无闻的付出者、支持者,或者是霸道总裁型一心想独占女一破坏男女主角的感情。这个时候女一号出现了情敌女二号,女二号喜欢男一号,在某段时间和男一号在一起,不惜用阴谋手段获得男一号的感情,或者和男二联手使坏。最终男女主角经过艰难险阻和重重考验,验证了彼此的感情选择在一起。当然故事的结局或支线有可能改变,大致的人物对应关系大差不差。比如经典网络言情小说《致我们终将腐朽的青春》《何以笙箫默》《微微一笑很倾城》以及带有言情性质的后宫类型如《后宫·甄嬛传》《美人心计》《倾世皇妃》均属于这种模式。

常年沉浸在网络小说中的网友们总结出各种网络类型小说的模式和套路,如数家珍。比如网友根据网络玄幻小说的套路改编而成的打油诗:

一朝天才降凡尘,天生废材难自弃。
同龄侮辱看不起,心中怒气难平息。
退婚困境同齐聚,众生百态刻心底。
风水轮流向东西?莫欺少年穷此昔。
青梅竹马不离弃,宽心之余下决心。
易经洗髓重铸躯,神功外挂留生机。
武魂觉醒心欢喜,家族大比拿第一。
戒指里面有老头,宠物神兽有看头。
炼丹练器练阵法,全能精通小能手。
学院门派拍卖会,山洞古迹传承地。
任务副本悬崖底,功法奇遇天神器。
偶尔逛逛路边摊,心血来潮买板砖。
奈何运气逆苍天,板砖上古残破篇。
点子多多运气好,垃圾技能变成宝。
虎躯一震霸气漏,小弟美女我全收。
跟班打手须吝啬?武器功法随便送。
伙伴全是战五渣,打架靠边解说员。
男配女主三角恋,男主红颜群芳配。
美女妖精小萝莉,痛苦快乐谁知君。
……

第五章
时代之文学：网络类型小说

  虽然国家有很多，风俗文化都相通。
  货币等级度量衡，大陆通用普通话。
  如此还是小风景，编不下去换位面。
  新天新地新世界，上面一套未翻篇。
  从头到尾来一遍，最终封神位拜仙。
  各位看官细品鉴，内容是否跃心间。
  最后说说今玄幻，套路模仿大环境。
  太监烂尾看心情，逻辑不清文笔平。
  只留我等抒心气，吐槽黑心写书人。[①]

  网络玄幻小说通常以男性读者为受众，或连载于原创文学网站的男频频道，以男性读者的审美趣味为中心。比如打油诗中"废材""风水轮流转""莫欺少年穷"等套路，发愤苦练打开超级"外挂"一朝得势，最终"红颜群芳配"抱得美人归，满足了青年男性读者的"爽"点和 YY 心理。以女性读者为受众的言情穿越后宫种田文也具有同样的套路，均逃不过读者粉丝们的"火眼金睛"。网友们疯狂吐槽开扒网络类型小说各种尴尬套路的同时，面对网络文学海量的类型小说，却纷纷闹起"书荒"[②]，暴露出网络类型小说模式化严重却佳作难得，读者们审美疲劳的处境。网络类型小说的创作走到了一个瓶颈，网友们对网络类型小说的消费度过了初期的新鲜感和刺激感阶段，对题材和模式的创新提出了更高的要求。
  在这种意义上说，网络类型小说对原创和创新的消耗力惊人。类型小说自有一套"约定俗成的套路，所谓'程式化'就是为了保障

[①] 网友所作《玄幻小说顺口溜打油诗改编》，见百度玄幻小说吧：https://tieba.baidu.com/p/6183320589? red_tag=1728902463.

[②] 《玄幻小说的 100 种套路你造吗?》，见百度贴吧玄幻小说吧：https://tieba.baidu.com/p/4958529941? red_tag=1492831499.

其最优化地实现娱乐化功能的快感机制。这其实是该类型在长期发展过程中积累起来的最有效的满足读者快感的成规惯例。类型小说的最大特点就是按照这些套路,一个平庸的写手也能生产'大路货',而再具个性的作者也不能随意打破这些套路,否则就违背了与读者的契约。程式化是保证类型小说作为一项文化产业得以繁荣的技巧基础,但会不会限制一个作家的原创性?邵燕君教授曾认为类型小说的程式化和模式化不排斥独创性,就像真正的高手总能在做好基本的规定动作之后,在此基础上创造出新的招式,开门创派,自成一格。① 所以,网络文学创作者最终的使命是在类型化、模式化基础上,独创"反类型化"的个性化色彩,和工业化大生产的其他产品的批量复制不同,网络文学创作是一项消耗心智和灵性的活动,第一个这么写的人是"天才",第二个这么写的人是"蠢材",第三个人再接着写就被网友吐槽为"烂大街"。网络类型小说创作要熟稔文学消费快感生成机制,在满足受众模式化审美需求的基础上加上创新内容,显然对网络作家提出了更高的要求。网络类型小说在模式化和反模式化的道路中不断摸索前行。

第三节 网络类型小说的"游戏化"特质

网络类型小说具有"游戏化"特质,这是中国网络文学区别于传统文学的最重要的方面,也是作为信息时代的通俗文学与古今中外通俗文学类别相较呈现出的显著新特点。网络类型小说的"游戏化"特质指网络类型小说文本中大量借助了网络游戏的虚拟体验,从中获得灵感并在小说中创设类似游戏的文学想象世界。

---

① 邵燕君:《网络文学的"网络性"与"经典性"》,《北京大学学报》(哲学社会科学版),2015年第1期,第143—152页。

第五章
时代之文学:网络类型小说

"游戏化"特质或许不是网络文学创作者有意表达出来的,而是受到网络生活的浸染,不自觉无意识中流露出来的。① 网络类型小说是以新媒体为表征的信息时代的通俗流行文学,植根于当代人们的都市生活:数字化生存、媒介融合、人机交互等等虚拟的网络体验。随着新媒介技术对生活的全面渗透,人类生活已经深陷"虚拟真实的文化(culture of real virtuality)"之中,人们或许更能深刻理解麦克卢汉所述"媒介是人的延伸":由新媒介技术构筑的线上虚拟世界已经成为人类生活世界的重要组成部分,而进入这个虚拟世界的端口比如移动互联网络等是人们生活必不可缺少的器官,一日不可无网,否则便觉得缺少了什么。青年一代的"数字土著"或曰"网络原住民",他们与生俱来便生活在这样的"虚拟真实的文化"之中,因而网络作家的生活体验与传统作家有了很大的区别,他们的小说文本或许不符合传统文学的主流审美标准,但是却更能引起同样是"数字土著"的读者共鸣。从这个意义上讲,网络类型小说是研究当下青年亚流行文化审美症候的理想样本。

网络类型小说的"游戏化特质"有诸多表现。一个显著的方面就是从"游戏逻辑"中获取网络文学创作的灵感②,具体指网络文学对电子游戏预设规则的借用,比如最典型的创作手法是金手指(比如"随身老爷爷")、穿越和重生。

以"随身老爷爷"为例,在网络玄幻修仙类别中,兴起了以我吃西红柿的《盘龙》、天蚕土豆的《斗破苍穹》为代表的"随身老爷爷"的写作热潮。③ 这种写作手法一般都采用类似的"套路":主人公随身所带法宝中,封印着具有强大法力、见多识广的老爷爷的灵魂,

---

① ③ 黎杨全:《虚拟体验与文学想象——中国网络文学新论》,《中国社会科学》,2018年第1期,第156-178、207-208页。

② 许苗苗:《游戏逻辑:网络文学的认同规则与抵抗策略》,《文学评论》,2018年第1期,第37-45页。

主人公修行或游历途中遇到困难时,便会唤醒老爷爷的灵魂,指点他(她)一路"开挂"闯过难关。此类手法颇似 1970 年代叶永烈具有科普性质的科幻文学《小灵通漫游未来》中的设定:一位白发苍苍的老爷爷带着一位稚气的孩童,传授给孩子现代科学知识引领着孩子进入未来。"白发老爷爷"在我国文化传统意识中是智慧、权威的化身,长者的经验智慧总是能为青年人提供解决方案,化解迷茫与困局。网络类型小说中将"老爷爷"手法发挥到极致,注意"老爷爷"是"随身"的。比如天蚕土豆的《斗破苍穹》中男主角萧炎随身带着的戒指中藏着的药老灵魂,时不时跑出来解答萧炎的困惑。主角遇到问题提问,随身老爷爷回答问题,这种对答模式颇似现代人在日常生活中对搜索引擎、对网络生活的依赖:"万事不决问百度",主角升级问"老爷爷"。尤其非常明显地借鉴了网络游戏不断升级闯关的写法:"主人公实力的提升,以数字化形式直观呈现,因此,小说就如同主人公在玩一款游戏,每到通关困难时就会搜索网友给出的游戏攻略。在网络上,玩家在游戏中遇阻,习惯性搜索答案,其他玩家以图文或视频方式分享游戏秘诀,这是极常见的行为。"①

金手指除了"随身老爷爷"还有其他的化身。比如仐三的《我当道士那些年》(2010 年首发天涯社区"莲蓬鬼话"版块)中,一开始主角陈承一只是跟随师父简单的修道,所学技能不外乎道家玄学中的画符、手诀、踏步罡、阵法等等。但随着小说向"高幻想"的方向发展,作者所在世界的等级越来越高,道家普通的手段显然不够用了。于是在执行解决僵尸厉鬼二合一的"老村长"任务中,陈承一从小随身佩戴的虎爪中沉睡的虎妖魂魄苏醒了,它在危难之时救了主角,成为陈承一的共生虎魂;接下来的任务中,陈承一每

---

① 黎杨全:《虚拟体验与文学想象——中国网络文学新论》,《中国社会科学》,2018 年第 1 期,第 156-178、207-208 页。

第五章
时代之文学：网络类型小说

遇危难便用"上茅之术"请来师祖的魂魄，获得师祖的启示之后一切危机便迎刃而解。最后勇闯雪山一脉"秘密洞穴"的关口，主角又一次得到了提升：前世的道童子魂魄苏醒了。这种创作手法和网络游戏中的闯关非常类似：随着要征服的对象越来越强大，玩游戏者的技能也要随之不断提升，并且还要通过购买"装备"让自己更加强大。读者粉丝常将网络小说中主角能量提升戏称"开外挂"，"共生虎魂""师祖上身""道童子苏醒"类似网络游戏玩家的开挂"装备"，这种很明显地借鉴网络游戏升级规则的写法没能逃脱读者的"火眼金睛"。但是读者并没有因此提出太多异议，网络游戏和网络类型小说在某种程度上的"异质同构"是被网友认同和接受的，因为两者都是"数字土著"们网络生活的组成部分。

网络类型小说中"穿越"手法的运用源于网络游戏中虚拟的时空体验。当代社会的紧迫感和时空的挤压让生活于其中的人们感到焦虑、压抑，正如今何在《悟空传》里所说："你以为你有很多条路可以选择，但是在你四周有很多看不见的墙，其实你只有一条路可以走。"且现代科技的发达好像并没有让人类更加轻松更加自由，相反现代工作所需工作技能更加精密，对现代人提出了更高的要求，而人类的身体始终是原始人类的自然身体，千百年来没有多大变化，科技医疗的发达也不过是将人类的寿命延长了几十年，这是自古人便有的"常恐秋节至，焜黄华叶衰"的恐惧，人类始终无法摆脱受时间桎梏的宿命。网络是一个虚拟的自由空间，投身于网络虚拟世界中可以获得现实世界无法给予的无限可能性，既然自然人无法在现实世界中取得突破，那么就在虚拟网络空间中去寻求"新生"吧。

网络类型小说中穿越的流行源于虚拟网络空间的跨时空属性，这与网游中的游戏体验是吻合的。晚清、民国通俗小说中穿越者总是从古代穿越到现代，网络类型小说中更多的是从现代穿越到古代的某个历史时期,过去相对来说是熟悉的、能把握的,处在一个以现代人的经验能够把控的时空场景中,获得了经验上的优越感,所以一般的穿越小说作者并不打算花费太多的笔力去穿越到未来,而是侧重穿越者个体对过去时空的体验,穿越的目的并不是为了展现异时空图景,而是以穿越者现代身份作为求新求变的动力。① 以知名清穿小说《步步惊心》为例,女主本是现代社会都市打拼的普通白领,失恋丢魂失魄之时遭遇一场车祸穿越到康熙王朝末年,成为王府的格格若曦,身处"九子夺嫡"的惊险环境中,若曦该如何把握自己的"新生"?整部小说就好像玩一场网络游戏,"若曦"只是女主角在网络游戏中的一个身份,她的内心仍然是个现代女性,尽管知道这是一场游戏,但仍然要尽全力地玩下去(在惊险的宫斗中生存下来)。女主对历史背景的熟知(游戏场景)是她玩这场游戏的本钱,但是她也熟知游戏的规则,她不能改变历史。她小心翼翼地穿行在险恶的游戏环境中步步惊心。置身于一个完全不同于原生环境的时空场域中,穿越者和原住民的关系仿佛网络游戏中的玩家与 NPC(Non-Player Character,非玩家角色),小说中的所有历史人物仿佛游戏中的 NPC。因而穿越者往往产生无法言说的孤独感。在网络游戏中,游戏玩家与 NPC 不断产生交际,但是他们之间缺少精神和情感层面的交流,就如同穿越者在异时空的虚拟体验,穿越者自始至终都没法走进那个异时空他人的精神世界。

"重生"的创作手法源于网络游戏的特征非常明显。中国古代文学中亦有"死而复生"的例子,比如汤显祖《牡丹亭》中杜丽娘最后生魂返还。网络类型小说中的"重生"有个明显的特质:死而复生不是死了之后接续临死时的人生继续生活下去,而是重新回到

---

① 许苗苗:《游戏逻辑:网络文学的认同规则与抵抗策略》,《文学评论》,2018 年第 1 期,第 37—45 页。

第五章
时代之文学:网络类型小说

某个关键的时间节点,带着前世的记忆重新活一次。主角能够借助经验,活出另一种人生。重生的设定打破了时间的线性观念,时间是可以随意设置的,人生也是可以重置的,而故事理所当然也是可以随机发展的。重生并不代表重复,只是增添了故事的随意性和可能性。这种设定"在网络游戏里体现得非常明显。游戏可一次次重来,玩家成为'不朽金身',但游戏的重来并非重复,游戏故事是在玩家与系统、玩家与玩家的交互作用中偶然性生成,每次游戏体验都不尽相同,这也是网络游戏让人上瘾的根源。玩家代入角色身上,经历无数个不同的故事以及死亡与再生,这必然给网民带来人生经历的重来与多重自我意识。"①网络游戏中因交互、虚拟形成的故事多重走向及其重置意识,深刻地影响了网络类型小说中的"重生"类别,重生之主角能够随意回到某个时间节点,就如同游戏玩家的重置,而至于重生之后其他的角色如何看待,则是不重要的,或许因为他们不过是为主角而配置的游戏中的 NPC 而已。

网络类型小说的"游戏化"特质折射出人类生活进入信息化后的社会症候。对网络的高度依赖、超越时空的穿越、探索多重生活的可能性等等,表征着现代人面对变动不居的现实世界,无法把握的焦虑感和宿命感。网络游戏中以现代人玩家为主体,所有的游戏场景、角色都是为我服务的,在游戏中宣泄生命意识从而不断获得虚拟的自我,换言之,自我在网络游戏中一次次获得了虚拟的主体性。网络游戏的虚拟体验深刻影响了网络类型小说,在小说中主角的体验和自我感受总是第一位的,一个大写的"我"在虚拟的文学想象中脱颖而出。这也是为什么青少年爱读网络类型小说的原因,能获得游戏于故事的"爽"感,而读者网友们所强调的好看的

---

① 黎杨全:《虚拟体验与文学想象——中国网络文学新论》,《中国社会科学》,2018 年第 1 期,第 156-178、207-208 页。

网络小说必须要有"代入感",也即化身为不同角色的游戏体验在网络文学中的重现。新媒介的出现深刻地改变了现代人的日常生活体验、人的交往方式和精神情感,网络类型小说"游戏化"特质展示了信息时代的人们驳杂的虚拟体验:化身生活、数字交互……在这个意义上说,网络类型小说折射出现代都市生活进入数字时代后的"新现实",是当之无愧的"时代之文学"。

第六章

欲望都市之中国传奇:都市言情小说

都市言情并不是一种网络类型小说的种类。都市既可以作为一个背景,也可以作为一个讲述的对象,在网络类型小说的发展中,又划分出都市现实题材小说、都市异能、都市修真等等类别;言情小说又可以细分出古代言情、现代言情等等更为精准的类别。本章所述都市言情小说是指在中国都市化进程中,青年男女在都市打拼中追逐梦想与爱情的网络类型小说,和原创文学网站上充斥着大量的幻想小说、后宫穿越重生类小说相较,是倾向于现实题材的类型,这一类型在不同作家笔下,又呈现出不同的色彩和风格。

第一节 慕容雪村:都市里的"残酷"青春

如果说今何在的《悟空传》是一个青年站在步入社会的门槛上,对传统伦理道德和社会秩序的质疑,对人生意义的追问,那么慕容雪村的都市小说系列《成都,今夜请将我遗忘》《天堂向左,深圳往右》《原谅我红尘颠倒》,则是一群满怀激情的大学生,带着理想进入都市,用生存实践来演绎中国都市青年的传奇故事。

2002年,慕容雪村的小说《成都,今夜请将我遗忘》走红网络,亦成为"新浪文化频道"有史以来点击率最高的帖子,在天涯网站连载，瞬间点击率就突破了 16 万次，一度被誉为"中国内地最红网络小说"。2003 年，市场上有多家出版社出版的不同版本畅销，后又被改编成电影、电视剧。之后，慕容雪村又推出了《天堂向左，深圳往右》《伊甸樱桃》《原谅我红尘颠倒》等小说，短短几年间，慕容雪村成为网络受追捧的作家，作品被翻译成多种文字流行于国外。

慕容雪村是一个什么样的作家？他的网络小说为什么会如此受关注？慕容雪村生于 1974 年，中国政法大学法律系毕业。这位喜欢写诗的经理，利用业余时间在电脑上敲出了这两部小说，一不小心便在文坛走红，从此洗手脱离商海，由经理摇身一变成了知名的职业小说家。他去过很多地方，曾经专门到西藏，租了个小屋，畅游人间净土，感受自由写作的人生。据说他曾经在悉尼的某处租了个房子，专职写他的小说。2009 年，他还曾经做过卧底，潜伏在江西上饶的几个传销窝点。在启程做卧底之前，他甚至写好了"遗书"，向家人告别。2010 年 1 月 27 日，消失多日的他，在微博上发布了第一条消息："在传销窝点潜伏二十多天，总算活着出来了。"凭借翔实的举报材料，协助江西上饶警方端掉了 23 个传销窝点，抓获传销人员 157 人。他根据此次入传销窝点的亲身经历，创作了一部纪实"打黑"作品《中国，少了一味药》，于 2010 年 12 月出版发行。

一个作家，他不仅是一个码字的，他还给我们提供精神的食粮、心灵的营养，同时还是一个医生，他用敏锐的心灵感受时代的脉搏，他不一定能开药方，但一定能准确地直指症结。慕容雪村就是这样的一位作家，他不会用浪漫的笔调为我们呈现一个美化的幻景，而是通过故事与人物揭露人在绝望的真实：人生的焦虑和颓废、消费社会对人的异化。

《成都，今夜请将我遗忘》《天堂向左，深圳往右》《原谅我红尘颠倒》是慕容雪村青春"残酷"系列三部作品。他笔下的男主角都是刚出校门的大学毕业生,踌躇满志希望在城市打拼出一片属于自己的天空。《成都,今夜请将我遗忘》里的陈重富有经营才华,大学毕业不久就成为部门的销售经理,月薪近万元,有房有车,娶了大学里情投意合的老婆赵悦为妻;《天堂向左,深圳往右》里的肖然虽然是贫家子弟,出身草根,但他凭借灵活的头脑和对赚钱的深深渴望,在深圳创业兜售日用化妆品,一跃而成为亿万富翁。《原谅我红尘颠倒》中的魏达是一名小有成就的律师。他们都是来到大都市打拼青年中的佼佼者:白手起家,年纪轻轻,就拥有了事业的成功,在大城市立足。可是物质上获得富足之后,再追求什么样的生活呢?如果你是陈重、肖然或者魏达,假如你有房有车,或者拥有亿万身家,接下来你想过什么样的生活?

经历了残酷的都市打拼之后,慕容雪村笔下的主人公都没有能跨越"黑暗",实现自己内心的救赎。从校园到社会,经历了理想的破灭、生活的重压、生存竞争的残酷、现实的灰暗和人性的险恶,他们是生存竞争的胜出者。但最后,他们都沉醉在颓废与放纵和纸醉金迷的生活中,满足了基本的生存需求之后,寻求感官欲望刺激成为他们追寻自我存在感和价值感的重要依托。《成都,今夜请将我遗忘》的男主角陈重是一个普通的公司部门经理,在物欲横流的城市中,过着淫乱、放纵、醉生梦死的生活,为了权力和同事钩心斗角;为追逐金钱不择手段;和最好的朋友相互算计,甚至勾引对方的未婚妻。他一碰到挫折就会去找女人,在各式各样的女人身上寻求肉体上的刺激,释放精神上的焦虑,但放纵之后,他又感到空虚。这就是一种不平:身体沉沦之时,他却在精神上持有理想主义的幻想,在深深的堕落中,陷入自我分裂的双重痛苦。然而一回到现实中,又陷入纵欲消极沉沦中,只有通过不断地回忆大学校园生活和贬低自己的老婆来减轻负罪感。《天堂向左,深圳往右》里的肖然也是类似的人物,成为亿万富翁之后,他一掷千万,终于让美女明星上了他的床。在这种沉沦和堕落中,找到一种快感。他们曾经在大学校园里激情满怀的理想、海誓山盟的爱情,在进入社会的染缸之后,全部土崩瓦解。传统的价值观念在金钱面前,被无情地嘲弄和解构。

> 再也没有坚不可摧的爱情,再坚固的感情也敌不过无处不在的诱惑。如果你是个漂亮姑娘,嫁人一定要嫁有钱人,既然结局同样是被抛弃,苦苦坚守的青春只换得一纸休书,又何必让你的美貌委身贫穷;如果你是英俊的小伙子,请记住今日的耻辱:你的爱情永远敌不过金钱的勾引,你万般哭诉,百般哀求,你的漂亮女友还是要投身有钱人的怀抱。所以,让仇恨带着你去赚钱吧,等你发了财,你可以勾引别人的漂亮女友了。再也没有同生共死的友谊,如果出卖你能发财,没有一个人会舍钱而要你。
>
> ——《成都,今夜请将我遗忘》

慕容雪村的小说用调侃的语言,无情地嘲弄了现实的残酷。身处繁华世界,人被异化成了金钱的奴隶,爱情、友情、理想,都是稀罕之物。而人不仅是物质动物,也是精神和灵魂的动物,那靠什么来在精神上安身立命呢?靠什么来维系一个稳定的自我,不至于精神空虚和精神失常呢?正如慕容雪村在小说里所说:"世界越繁华,人就越容易走丢,所以每个人都需要证明自己。"小说中的人物都靠欲望满足和消费来填充空虚的灵魂。在都市生活中,消费已经远远超过物质需要的意义,更重要的是通过消费来建构身份,通过商品符号来表明自己的文化身份,通过消费来维系、实现一种群体的认同感。譬如年轻人喜欢吃麦当劳、肯德基,喝喜茶,难道

第六章
欲望都市之中国传奇：都市言情小说

是这些快餐和茶的口味真的与众不同吗？哥姐吃的不是薯片，而是感觉。当你坐在窗口，悠闲地喝着可乐，啃着汉堡，一边拿出iPad时，你感到自己和窗外路人隔离开来，自己在享受着与世界接轨的快餐文化，同时也觉得自己加入了洋气时髦的行列，如果你竟然从来没有去过这些地方，那么，你就有可能被同学视为异类古董而得不到认同了。

在慕容雪村的小说《天堂向左，深圳往右》中，消费文化的渗透表现得尤为明显。身处职场的现代人，有各式各样的名片，名片上印着一长串身份，除了是名教授、博导，还是某某公司的董事长，还是某某协会的名誉主席之类……除了名片还有衣服，因为在"衣冠重于人品"的场合，"一套西装的价值可能会胜过任何真理"。一套名牌服装和一套千把块的杂牌货可能根本没什么区别，但是名牌服装的身份象征意义远远超过其使用价值，因为哥穿的不是衣服，而是身份。在《天堂向左，深圳往右》里，成为大老板后的肖然甚至不用名片、不用服装，他自己就是最有价值的品牌，无论走到哪里这块品牌都会引来最名贵的菜肴、最动人的笑容、最美丽的身体，他背后的亿万资产将人异化为消费社会最有吸引力的符号。

到了《原谅我红尘颠倒》，慕容雪村笔下的世界更加"残忍"。这部小说的成功，在于它真实地披露了中国当代司法界的黑暗内幕，整个就是社会转型期的一幅社会病理图。在这样一幅图景中，每一个人物、每一个事情背后，都是一个巨大的黑洞。小说的主角魏达，从事律师职业十四年，积累了上千万的财富，他不是拿起法律的武器为人们寻找公平和正义，而是通过潜规则捞钱，干一些见不得人的勾当，最终案发，被送进大牢。故事讲述他是如何通过金钱、美女打通关系，如何捞钱、如何算计别人又是如何被别人算计的，最终是"机关算尽太聪明，反误了卿卿性命"。整个小说对中国司法界的描绘是漆黑一团：律师勾结法官，法官利用律师，律师敲诈当事人,人与人之间只有相互利用和欺诈,缺乏任何真诚。法官个个贪婪无比,无不利用手中职权捞钱、玩女人;律师个个干着拉拢法官敲诈当事人的勾当,没有什么是非,也无所谓法律正义,而在围绕前两类人的职场女性,为了金钱可以毫不犹豫地出卖身体,和男人之间的关系就是利用和被利用的关系,企业老板都是贪婪成性、坑蒙拐骗。而社会底层的一些小人物或者社会混混,前者无辜被冤,被关进牢里,出不起钱,连申诉的机会都没有,后者小混混是丧尽天良,敲诈勒索,杀人放火,却仍然逍遥法外。慕容雪村出身中国政法大学法律系,他的同学、朋友多是司法界的,他非常熟悉中国司法界的实际情形,他所写的事情多是从朋友那里听来的。从这个意义上讲,《原谅我红尘颠倒》有点像都市黑幕小说,更接近清朝末年出现的"揭幕小说""谴责小说"类型:揭露社会中贪赃枉法、官官相护的黑幕,谴责公平正义的缺失。

"残酷"青春系列显示了慕容雪村对于社会所持怀疑和悲观的态度。有人说,慕容雪村把现实写得太黑暗了,这种真实太绝望。《原谅我红尘颠倒》一出版,慕容雪村的好朋友,就是网络文学早期的"三驾马车之一"的李寻欢、知名出版人路金波说:太绝望了,太绝望了。批判他的小说,希望他的小说不要大卖。结果呢,他越批,卖得越好。尽管最后,他把这些极端主角都写死了。陈重在成都街头无声无息地死去、肖然死于车祸。主角们在度过都市生存竞争的劫难之后,无法穿越堕落与阴暗,受困于人生虚幻和生存意义的迷失。在传统文学中,理想的审美境界是主人公历经沧桑后通过种种磨砺而达到精神上的"苦难式"成长,可以描写人性的堕落、生活的阴暗,但是主人公必须穿越这些堕落和阴暗。而在慕容雪村的小说中追求富裕的物质生活是主人公们的理想,他们为此付出了极大的精神代价,物质上富足了,灵魂精神气儿却丢失了。虽然他们在不断地回忆纯真时代、不断地反省,但却显得苍白无

第六章
欲望都市之中国传奇：都市言情小说

力、无药可救。与传统文学作品中以"审美"眼光度化苦难、颓废的现实不同，慕容寻村的故事直接将社会的黑暗面、残酷面撕扯开来，鲜活、原汁原味的现实感对读者产生了强烈的震撼。

"残酷"青春系列揭示了世纪转型之际，传统价值伦理摇摇欲坠而新的个体生存意义尚未建立时代人的迷茫和绝望。通过占有消费品和"女人"（这里也被物化为占有的物品、欲望符号）所代表的符号意义来填补价值观的缺失，最终却导致了更深层的迷失和堕落。"我现在功成名就，却经常感到很孤独。""吃的东西很贵，但都不可口。经常失眠，身边有无数女人，但都不值得爱。赚钱太容易了，越来越没有意思。"这是肖然成功后最大的感受。一个人到了失去信仰、怀疑一切的时候，是多么的可怕，什么也不相信，也没有人可以依靠，只有自己，双臂孤军奋战在这人世间，唯一真实的，也只是肉体的片刻欢娱和及时行乐，就像陈重，靠心底无节制的欲望来支配行动，背负着欲望的罪恶和对人间一切的怀疑，这种生活，只能导致最终的自我毁灭。

慕容雪村用诗性语言描绘了繁华都市里的这一幕幕浮世绘图景。

> 走在成都的大街上，每个人都似曾相识，每一个微笑似乎都含有深意。一个眼神，一次不经意的回首，都会使记忆的闸门汹涌打开，往事滔滔泻落。我想一定是我的记忆出了问题，从某个时间起，生活开始大段大段删除，我曾经偷过谁的书包吗？我曾经在府南河边跟谁牵手同行吗？我曾经在某一天，为谁的微笑如痴如醉吗？
>
> 夜色中的成都看起来无比温柔，华灯闪耀，笙歌悠扬，一派盛世景象。不过我知道，在繁华背后，这城市正在慢慢腐烂，物欲的潮水在每一个角落翻滚涌动，冒着气泡，散发着辛

辣的气味,像尿酸一样腐蚀着每一块砖瓦、每一个灵魂。

——《成都,今夜请将我遗忘》

黄昏了。夕阳西下,夜鸟盘旋,在多年之前的校园里,陈启明正孤独地坐着,表情忧郁,眼神迷茫,守望他今生的爱情。

——《天堂向左,深圳往右》

夜深了,城市里灯火明灭,一些人渐行渐远,一些人嬉笑而来。

那是我少年时定下的约会,现在时间已到,我约的人不知道去了哪里,我久迷人世,红尘颠倒,再也找不到当初相约的地点。

想人间婆娑,全无着落;看万般红紫,过眼成灰。

——《原谅我红尘颠倒》

如此凝练、充满诗意的语言,描绘的却是都市里黑暗、绝望的现实。慕容雪村的故事里的主人公都是普通人,陈重和肖然一样,品性都谈不上有多么高尚,甚至内心有些卑劣,他们做了很多不光彩的事,但在他们身上,仿佛映射出芸芸众生的影子,他们很真实地活在人们周遭,时刻上演着千万个陈重和肖然的故事,他们在欲望与存在的苦恼中沦为罪恶的囚徒,又在芸芸众生中被默默遗忘。为什么人们会如此生活?为什么颠来倒去最终是"西门庆"式人生的复制?慕容雪村的都市"残酷"青春现实给了世纪之交的国人一记振聋发聩的绝响。

第二节　辛夷坞:消逝的青春与爱情

1990年代红火一时的《大话西游》解构一切,唯剩下爱情。慕

第六章
欲望都市之中国传奇：都市言情小说

容雪村的青春"残酷"系列解构了友情、梦想，爱情虽然被当作精神救赎之物但最终无法挽救主人公的堕落与死亡。而在网络作家辛夷坞的网络小说中，爱情也一并被解构掉了。

辛夷坞的网络小说《致我们终将腐朽的青春》引发现象级的关注本身就是一件颇值得回味的事儿。2007年4月，辛夷坞开始在网络上连载《致我们终将腐朽的青春》，获得网友广泛关注后，于同年7月以《致我们终将逝去的青春》为名出版。2013年，由赵薇执导的该小说同名改编电影《致我们终将逝去的青春》上映，引发轰动；2016年，小说被改编成同名电视剧播出。2017年，《致我们终将逝去的青春》在"2017猫片·胡润原创文学IP价值榜"上名列第30位，并于2019年10月11日，入选国家新闻出版署和中国作家协会联合推介的"庆祝新中国成立70周年"主题网络文学作品暨2019年优秀网络文学原创作品名单，足见这部网络小说的时代影响力。

慕容雪村的"残酷"青春系列重在揭露沉痛的现实，那个过去的青春校园时代只是在记忆里闪回出现，辛夷坞的"致青春"跨越青春校园时代和步入职场两个时间段，前后两个阶段梦想与现实的对比更加让人心痛，感慨随风而逝的不仅是青春年华，还有那些原本认为很坚固的东西——比如爱情。

和男作家慕容雪村更多关注职场打拼中人性的沉沦不同，辛夷坞以女性视角关注校园时代的大学女生从浪漫爱情幻想到最后面临婚姻时的现实抉择，着眼点在现代青年对情感婚姻的理性思考。小说前半部分是无忧无虑、肆意挥霍青春的大学校园时代的青春爱情故事，402宿舍的"六大天后"对爱情充满了向往。大学时代的女主郑微阳光开朗、活泼爱笑、单纯直率，她爱上了建筑系的清冷高材生陈孝正，便不顾一切地勇敢去追、勇敢去爱，哪怕飞蛾扑火也在所不惜。年少时的郑微见证了自己母亲对于爱情的坚贞，发誓要主动把握住这份来之不易的爱情，哪怕陈孝正家庭出身不好、个性自卑敏感又孤僻冷漠，她仍然选择了她爱的人，毅然拒绝了热烈追求她的富二代许开阳，尽管许公子是阳光温暖的高富帅，室友从利弊上分析得再清楚不过。郑微对许开阳说："没错，他没你家里有钱，长得也不见得比你好，他什么都没你好，但是你爱我，我却爱他，就凭这一点，你就永远输给了他！"坚信爱情至上、爱情大过天的郑微充满了面对一切的勇气。"六大天后"中美丽温婉、学业优异的阮莞拒绝了所有追求者，只为了守护和赵世永的异地恋，将爱情寄托到南来北往的火车票中。

而最终她们坚守的爱情并没有给她们带来幸福。陈孝正的心是穷的，他不敢放肆去爱，内心极度没有安全感，他不顾一切地往上爬，为了摆脱阶层固化，为了出人头地，他最终选择了自己内心所追求的，正如他认同母亲所说的句句残忍却正确无比的话：

> 你的家庭没有办法在事业上给你任何帮助，什么都要靠自己，你一生中遇到的好女孩还可以有很多，但是能改变你命运的捷径能有几条？……贫贱夫妻百事哀，等你尝过了苦头你就会懂。你从小就聪明，应该知道，像我们这样家庭出身的孩子，适合你的女人有两种，一种干脆就是家境好到让你的道路畅通无阻，另一种就是纵使没有什么出身，但聪明、踏实，能够跟你一起打拼，让你没有后顾之忧。郑微她哪一种都不是，她这样的女孩，需要人放在手心里捧着，阿正，你现在没有这个资格。

陈孝正毅然决定出国深造，放弃了郑微的爱情。他心痛的是自己无法忍受让心爱的女孩跟他一起忍受贫贱，害怕自己没有能力在多年之后仍然保有郑微娇嫩的双手，所以他对郑微说："我的

第六章
欲望都市之中国传奇:都市言情小说

人生是一栋只能建造一次的楼房,我必须让它精确无比,不能有一厘米差池——所以,我太紧张,害怕行差步错。"正因为如此他无法许给郑微一个期待的未来,而女人的青春有限,终将腐朽。三年后学成归国的陈孝正本拥有再次与情敌林静竞争郑微的机会,他却再一次用爱情、婚姻作为砝码,爬上了集团中的高层位置。郑微最终选择了能给她安全感和稳定感的初恋对象林静,虽然兜兜转转两人才走到一起,但林静是更为现实更为匹配的结婚对象。

和轰轰烈烈不问因由的爱情相较,郑微最终冷静下来用理智作出了选择。其中闺蜜阮莞的结局对郑微触动很大:阮莞看清男友赵世永缺乏担当之后彻底死心,嫁给了整日忙碌不着家的外科医生,学业最优异的她当起了温柔贤惠的家庭主妇。而得知赵世永即将结婚时,她决定奔赴和当初所爱的最后一次约会,解开心结然后回家相夫教子彻底过安稳的日子。哪知阮莞途中遭遇意外身死,而她的约会对象却失约了。郑微在崩溃中诅咒:"她居然不能把这种男人判为死刑。我们希望负心的人不得好死,可是他偏偏活得好好的,短暂的伤痛过后,他还是会结婚生子,顺利老去。"郑微彻底明白了:青春和爱情都是用来追忆的,而婚姻却是更为现实的选择。

纯美的爱情童话一直以来被作家赋予丰富的意义。20世纪初,五四新文化运动裹挟着"启蒙"和"救亡"话语席卷而来,其最深刻的命题就是把"人"解放出来,而旧思想旧道德旧传统是束缚在人身上的枷锁,其中婚恋伦理、男尊女卑思想作为典型的封建礼教成了当时知识分子推进社会变革的突破口。五四新文化运动时期,新青年个体的觉醒从爱情和婚姻开始,"婚恋问题也成为五四作家最重要的创作主题……婚恋叙事承担了'新民'之责任,通过文艺的形式参与了社会伦理变革与重构"。[①] 爱情神话往往被视

[①] 吴志凌:《围城内外的变奏——五四文学婚恋伦理叙事》,湖南师范大学博士学位论文,2014年。

为抵御旧道德、旧家庭的催化剂,是个体的人从传统旧社会机制剥离成为独立的人的开始。因而五四时期,爱情被赋予启蒙的意义,勇敢地追求爱情是个体追求精神自由、人格独立的标识。1980年代中期,以琼瑶为代表的港台言情小说席卷大陆,爱情至上影响了整个"70后""80后"女性的婚恋观念。1980年代中期以来的青年进城小说中,面对现实不得已抛弃爱情的观念仍然受到强烈谴责。譬如路遥《人生》中高加林为了进城抛弃了农村的初恋女友刘巧珍,选择了领导的外甥女。最后路遥仍然把高加林"写"回了农村——进城失败,宣告了高加林抉择的失败。正如路遥借乡亲之口对高加林的告诫:美丽坚贞勤劳朴素的巧珍是黄土地上的金子,她有着黄土地般高贵的品格,抛弃巧珍意味着抛弃了黄土地,抛弃了生养他的故乡水土。

在以辛夷坞为代表的部分网络女性作家笔下,爱情正在慢慢剥离被赋予的外在意义,褪去浪漫的色彩,回归到生活本来的面目。正如郑微在释然那刻,彻底原谅了辜负过她的那个男人,也原谅了自己年少时不顾一切的爱。哪怕用最好的青春去灌溉、用尽笑与泪的爱情最终没有开出一朵花,也没有关系,因为爱情和青春一样,不会永远一直停留,也最终会腐朽。爱情和青春一样也会随年华渐渐消逝,只剩下追忆,甚至连追忆也没有了,只剩下祭奠。所以说辛夷坞《致我们终将腐朽的青春》是"70后""80后"的青春祭,也是一曲爱情的挽歌。年少轻狂时爱得死去活来,而最终平凡的幸福还是要回归理性的抉择。爱情固然美好,但并不是每个人都消受得起。就像陈孝正对人生的精准建造——不能有一厘米的差池。郑微出生于中产家庭,即便双亲不和但衣食无忧,对她宠爱有加,也养成了她娇憨活泼的大小姐个性,她能勇敢去爱,当青春能量棒满满时她有资本挥霍。但对于陈孝正这样出身贫寒的子弟来说,他因自卑失去了爱的勇气,只有向上爬的压力和责任,害怕

第六章
欲望都市之中国传奇:都市言情小说

没有资格担当起郑微的爱,当他希望郑微再等她三年时,郑微"不奉陪"了,因为女人的青春有限,她最终向现实妥协了。成年人的感情都会放在天平上小心计量,付出多少,收获多少,再也经不起虚掷和挥霍,再也没有了年少时不计代价去爱的勇气,哪怕是郑微和林静,最终也是在历经千帆后才确定彼此是最不坏的选择。而最终青春不朽的是为爱情而奔赴约会的阮莞,她永远不知道她的前男友会失约,她的爱情与幸福也永远定格在了青春年少时代。

爱情和婚姻跨越启蒙时代,回归到"门当户对""媒妁之言"的时代。邵燕君说:"爱情神话的幻灭从人类深层情感层面显示了启蒙神话的幻灭,从另一角度说,启蒙话语的解体也必将导致爱情神话的解体。"[①]网络文学在某种程度上传递了新媒体时代青年的流行文化价值观,具有意识形态建构的意义:一切坚固的东西都烟消云散了,小时代里每个人的生活都已不容易,告别宏大叙事,剥离宏大意义,再也没有伟大的理想,再也没有美好的童话,直面现实,遵从自我内心的选择,守住小时代的小确幸。

---

① 邵燕君:《在"异托邦"里建构"个人另类选择"幻象空间——网络文学的意识形态功能之一种》,《文艺研究》,2012年第4期,第16-25页。

第七章

东方幻想之玄幻仙侠小说

新媒介重塑了人们的文化生活,其中想象力和创意成为文化生产的关键要素。无论是科学还是文学,都有一个共同点,就是要有想象力。想象力是创造力的源头,没有想象力,一切经济和社会进步将无从谈起。当美国的好莱坞电影、日本的动漫、韩国的影视用想象力敲开全球文化输出的大门,中国还没有多少有想象力的、重量级的文化产品输出到国外,我们出口最多的仍然是廉价的工业制造产品,默默扮演着全球经济链条中最底端的世界工厂角色。新世纪中国网络文学异军突起并持续出海,逐渐扭转中华文化贸易逆差的局面。除了刘慈欣"一个人单枪匹马将中国科幻拉升到世界级的水平",在想象力和价值链延伸方面最突出最具有中国特色的无疑是玄幻仙侠小说。中华民族并不缺乏想象力和创造力,而是缺少让想象力自由发挥的空间。中国网络幻想小说让想象力可以卖钱,有想象力的人能够挣钱生存,像唐家三少、天蚕土豆、我吃西红柿等。中华民族远古的神话、民间故事、传统文化、山野传说等为网络文学构筑了瑰丽辽阔的东方幻想世界。

2006年,陶东风教授在其新浪博客发表《中国文学已经进入装神弄鬼时代——由"玄幻小说"引发的一点联想》[①]一文,并点名

[①] 此文同年发表于《当代文坛》,见陶东风:《中国文学已经进入装神弄鬼时代?——由"玄幻小说"引发的一点联想》,《当代文坛》,2006年第5期,第8-11页。

第七章
东方幻想之玄幻仙侠小说

批评网络小说《诛仙》①,引发网络小说作者萧鼎及其粉丝的愤慨回应,评论家们亦各执一词,掀起不小的波澜,此为陶老师所戏称的"玄幻事件"。时隔十多年再看,网络文学发展蔚为大观,尤其是网络玄幻、修真、仙侠等类型小说,"装神弄鬼"日甚。上古流传至今的东方神话、乡野民间传说等,在网络文学中被重新演绎、阐释,并为接受现代科学体系化教育的"90后""00后"大肆追捧。姑且不论其审美价值如何,《山海经》中那些异世大陆、仙山洞府、奇花异草、珍禽异兽等等,在网络文学中得到了重生,神话作为旷古的时代想象融入了青年一代的生活世界和生命体验中。②

远古神话凝聚了早期人类对宇宙、世界、天地人关系的阐释,建构了原始时代的科学、历史和社会观念。在原始人看来,神话是"真实的最高形式"——神圣叙事(sacred narrative)。③ 有关文学和神话的关系,弗莱的神话原型批评理论认为一切文学形式和主题均可视作神话的延续,都可追溯到神话原型。吕微教授认为神话总是对某种自称是真实性的信仰,通过将神话原型与其次生形式的对比,可"显示历史中的人们如何通过操作一个古老的型式来表达新时代的、与古人迥异的意图,并据此攫取新的话语权力"④;神话学家袁珂先生坚称"神话最本质的属性是文学",如鲁迅在《中国小说史略》中曾说"神话大抵以一'神格'为中枢,又推演为叙说,而于所叙说之神,之事,又从而信仰敬畏之,于是歌颂其威灵,致美于坛庙,久而愈进,文物遂繁。故神话不特为宗教之萌芽,美术所

---

① 《诛仙》为网络文学发展早期颇负盛名的"网文三大奇书"之一,另两部分别是《飘渺之旅》《小兵传奇》,于2005年被网友评选出。
② 胡笛:《中国传统神话在网络文学中的重生》,《安徽文学(下半月)》,2017年第9期,第13-14页。
③ 阿兰·邓迪斯:《西方神话学论文选》,朝戈金译,上海:上海文艺出版社,1994年。
④ 吕微:《神话何为——神圣叙事的传承与阐释》,北京:社会科学文献出版社,2001年,第427-428页。

由起,且实为文章之渊源"①。在科技理性至上的当下,网络小说中的神话早已褪去了"神圣"叙事的外衣,作者和读者自然不再把神话当成真实可信仰之事,他们或把神话传统从原生的语境中提取出来,植入新的语境;或将神话挪用和重述,神话学者杨利慧教授称之为"神话主义"②。在青年流行文化和文化产业背景下,新媒体时代的神话讲述是一种"祛魅型传承",对神话展开的解构性编撰中不再有虔诚和恭敬的信仰成分。③ 中国古代厚重的神话传统是网络文学借重的文化资源,那一个个零星散落的神话故事如同瑰宝,成为取之不尽用之不竭的经典优质"IP"。在新媒体语境下,脱胎于农耕时代的神话得以复活传承,在中国都市里演绎着新"人类神话"故事——此为新媒体时代神话传承的主流传播方式。人类学家马林诺夫斯基曾说,神话原生性地表达着民族精神中最稳固、最恒定的部分,承载一个民族一脉相承的文化基因。网络文学重塑华夏神话有何契机,出于何种需要?新媒体时代的新新人类和传统经典神话如何展开对话,如何重述?又表达了当下青年亚文化何种审美态势?

第一节 中国网络幻想小说的兴盛与本土神话回归

重述本土神话之风的兴起,以及网络类型小说中幻想类别的崛起和全球"新神话主义"思潮密切相关。自2003年起点中文网开创VIP订阅制度之后,随着文学商业化和产业化,网络文学迅

---

① 鲁迅:《中国小说史略》,北京:人民文学出版社,2007年,第17页。
② 杨利慧:《"神话主义"的再阐释:前因与后果》,《长江大学学报》(社会科学版),2015年第5期。
③ 祝鹏程:《祛魅型传承:从神话主义看新媒体时代的神话讲述》,《民俗研究》,2017年第6期,第53-60页。

速分化出多种类型——造就了时代之文学——网络类型小说的繁荣,尤以幻想小说为盛。幻想小说包含了网络玄幻小说、奇幻小说、修仙小说、科幻小说等类别。

从中国文学史的脉络来看,本土东方幻想传统资源并不逊色于西方,只是长久以来在"子不语怪力乱神""诗言志""文以载道"的伟大现实主义传统中,这一支线显得不那么瞩目。如从庄子的"北冥有鱼,其名为鲲"、屈原《九歌》中楚地巫文化的浪漫呈现,到魏晋"游仙"风尚、李白的浪漫主义诗歌、白话唐传奇中的志怪故事、明清神魔小说等等。现当代文学史上离中国网络幻想小说最近的资源无疑是民国时期还珠楼主的《蜀山剑侠传》——洋洋洒洒五百多万字的规模与今天网络类型小说的篇幅极为相似。虽然《蜀山剑侠传》是武侠过渡到仙侠的典范之作,也促成了民国时期武侠高潮的到来,但其神思妙想与当时追求科技进步乃至整个20世纪中华民族救亡图存的基调都有些格格不入。① 新中国成立之后,还珠楼主停止了《蜀山剑侠传》的创作,并在报纸上发布写神怪荒诞小说的公开检讨,在当时的政治环境被斥为"荒诞至极"。《蜀山剑侠传》对网络幻想小说影响最大的,是其丰富的幻想力和修行法则体系②,而这些均是从中国古代神话典籍甚至现代科学知识中得到灵感和启发的,这两者也是当下网络幻想小说借鉴的重要资源。此外,香港小说作家黄易的《大唐双龙传》与《破碎虚空》等作品开创了玄幻小说类别。③ 由台湾引进至大陆的"仙剑奇侠传"(含网络游戏、电视剧)亦激发了21世纪初网络幻想小说本土化追寻的灵感,自此中国网络幻想小说转向瑰丽多姿的华夏神话想象,与还珠楼主《蜀山剑侠传》开创的仙侠小说、黄易开创的玄幻小说

---

① 邵燕君:《网络文学经典解读》,北京:北京大学出版社,2016年,第72页。
② 邵燕君:《网络文学经典解读》,北京:北京大学出版社,2016年,第73页。
③ 叶永烈:《奇幻热、科幻热与科幻文学》,《中华读书报》,2005年8月3日。

隔代传承。

网络幻想小说中东方神话占据了绝大多数版面。网络修仙小说和玄幻小说也迅速崛起挤占了奇幻小说的空间。网络幻想小说中,欧洲中世纪的奇幻大陆如中土、魔国等开始转变为中国古代神话中的昆仑蓬莱、长留仙山等设定,主角骑着扫把飞行转变为御剑飞行,魔法也被中国功法、秘诀等替代……代表作如《飘邈之旅》(萧潜,2002年,"幻想修仙"开山之作)、《诛仙》(萧鼎,2003年,"古典仙侠"开山之作)、《升龙道》(血红,2004年,"现代修仙"开山之作)、《佛本是道》(梦入神机,2006年,"洪荒封神"开山之作)、《凡人修仙传》(忘语,2008年)、《我当道士那些年》(仐三,2010年)、《山海秘闻录》(仐三,2015年)、《搜神记》(树下野狐,2017年)等等。这些网络小说或多或少借用了《山海经》《穆天子传》《庄子》《楚辞》等典籍中的神话传说,并深受明清神魔小说如《封神演义》《西游记》等影响。除了对典籍中神话要素的借用,或演绎或颠覆或拼接神话故事之外,诞生于网络文明的年轻一代对农耕文明那些过去故事的重复讲述兴趣寥寥,他们对神话有自己独特的接受和讲述方式,网络文学对神话的重述呈现出一些新的特点。

第二节 再造神话体系与创建新"游戏"世界

网络文学重述神话的第一个特点是热衷于再造神谱,试图构筑中国古代神话体系。中国古代神话没有形成彻底的、完整稳定的体系,往往一鳞半爪,难明究竟,借用考古学家苏秉琦对中华原始文明的比喻——如同"满天星斗式"的中国神话。正因为如此,中国神话留下的空隙给了后世无限遐想的空间,每个时代的人们都有用想象力和具体的考证研究将其填满的冲动。几千年来,将

第七章
东方幻想之玄幻仙侠小说

中国神话体系化的努力一直没有停止。现当代以来，诸多学者如茅盾、顾颉刚、徐旭生、袁珂等试图重构上古神话，其中袁珂先生的《中国神话传说：从盘古到秦始皇》构建了基于堪当"系统"的上古神话谱系。2017年，作家严优的《诸神纪》被誉为重述中国神话的优秀作品，她用当代语言和文化意识将中国古代零落的神话故事集结编纂起来。相较历代对神话的体系化"操作"以满足当时的某种特殊政治意图，或学者从传世文献和典籍中拼凑完整神话谱系的努力，网络幻想小说作者加入了更多当代青年的构想，他们热衷于解构和建构，却并不试图去客观还原。

树下野狐的《搜神记》和梦入神机的《佛本是道》是这方面的典范之作。《搜神记》以《山海经》为蓝本，回到三皇五帝时的洪荒时代，以少年拓拔野（轩辕黄帝）的游历人生，讲述神农氏去世后，华夏各族蠢蠢欲动逐鹿中原的故事，古代神话中的人物神农氏、黄帝、蚩尤、祝融、夸父、刑天、姑射仙子、九尾狐等纷纷登场，神农尝百草、上古战争等故事均在小说中娓娓道来。《山海经》中对于人物本事，往往只记梗概，语焉不详、简短零落，《搜神记》重现了那个"充满瑰丽山川，珍禽异兽，神功法术，爱恨情仇的梦幻般的古代神话世界"，用现代人的想象力构筑华夏民族上古历史故事。以《山海经》之驳杂，一部网络小说也并不能涵盖所有，然而《搜神记》激发了青年一代对奇书《山海经》和华夏神话历史的兴趣，掀起全球华人网络的"搜神热"，树下野狐也因此被认为开创了"中国新神话主义的东方奇幻风格"。

相较于《搜神记》对上古神话的想象性填充，梦入神机的《佛本是道》试图补全从创世神话到现代社会的整个神话历史发展脉络，将中国古代纷乱的神话传说融为一个体系。故事以主角周青由人修炼成仙、从仙人成为圣人、以圣人身份参与封神和灭世为线索：第一个阶段依托了《蜀山剑侠传》的故事，周青机缘巧合意外闯入世俗之外的修行世界,因地球灵气枯竭、大道遗失,地球上的修行者们苦苦寻找成仙的可能;第二个阶段依托了《西游记》的故事,周青飞升到了地仙界(地仙界之名来自《西游记》中的地仙之祖镇元子),与成为斗战胜佛的孙悟空展开对话,并接触到上古神话时代绵延至今的各种恩怨斗争;第三个阶段依托了《封神演义》,重新演绎了一场封神大战。从混沌未开、开辟鸿蒙到"末法时代"周青被选中成为这一量劫(56亿年为一量劫)的主角,得以演化生灵,进行下一个量劫——梦入神机创立了一个从创世到灭世完整自洽的神话体系。在这个庞杂的神话体系中,除《山海经》《封神演义》《西游记》《蜀山剑侠传》,"七仙女""白娘子"等民间传说也是重要的补充。为了将这些不同时代、不同地域、不同风格的神话、传说熔为一炉,梦入神机加入了大量独创性的内容,不仅要将故事衔接起来,不同世界的力量等级和人物定位没有大的断裂,因而有了盘古死后元神化为三清继续开天辟地等内容。最具独创性的"巫妖大战"为各种零散的神话故事找到归宿,也解释了"绝地天通"之后为何科技发达仙术不显,因为巫妖大战毁灭了人间界,使得现代社会成为"末法时代"天地隔绝、人神不能相通。梦入神机在此展现了他非凡的世界设定和故事设定才能,沟通人神、再造仙境、重写神谱,为后来的修仙小说作者在此基础上创造新的修仙世界提供了一切妥当的资源。学者给与极高的评价,认为"从某种意义上说,这是对中国本土神话进行的第一次可能也是最后一次系统性的总结与补全"①。

起点白金作家我吃西红柿曾在《天天向上》节目中说:"作家创造一个世界,我很喜欢创造世界。"网络幻想小说虽然一开始引入欧美体系,但最终回归到了中国本土的上古神话,神话故事暗藏了华夏民族从上古开始融入我们血脉的宇宙观念和世界观念,早已

---

① 邵燕君:《网络文学经典解读》,北京:北京大学出版社,2016年,第79页。

成为一种集体无意识深刻在族群之中。新媒体时代的年轻一代深受网络游戏的影响,神话故事是背景,也是小说主人公游戏世界中的世界设定。从某种意义上说,网络小说将上古神话作为游戏的基本设定场,《搜神记》直接带读者进入上古神秘世界,《佛本是道》则阐释了修行的世界为何是如此。《大荒经》中的地理山川、人物故事,如青帝、西王母、九尾狐、祝融、刑天、姑射仙子、昆仑山、空桑山、蟠桃大会,均可为信手拈来的游戏设定。神话世界中天马行空的瑰丽想象、大气磅礴的空间设定,和网络游戏的空间感觉结构何其相似。事实上,网络修仙、奇幻小说带着极大的游戏改编潜质,《诛仙》《搜神记》《佛本是道》等均由网络小说开发出网络游戏。上古神话与网游世界通过新媒体技术、文化产业产生了紧密连接。从这个意义上讲,重述神话体系,也意味着创造一个新的游戏世界体系。

第三节 网络时代的"人类神话":在"神话"中成长

网络幻想小说往往以古代神话的故事世界作为背景设定,在气势恢弘的宇宙中讲述人类自己——一个人类小人物成长的故事,堪称"人类神话"。中国传统的神是用来顶礼膜拜的,神人通婚,会遭天谴。比如牛郎织女的故事,比如沉香救母。神人隔阂,神和人之间泾渭分明、等级森严。世纪之交,以无厘头著称的《大话西游》解构了传统的西游故事,而网络文学中的神则彻底走下了神坛,从 2000 年《悟空传》开始,从根本上质疑西游的合法性,解构了"神性",如韩云波所说:"通过建立个性化的新神性空间颠覆传统神话和宗教的神性,描写人性对于神性的胜利。"[1]网络幻想小

---

[1] 韩云波:《大陆新武侠和东方奇幻中的"新神话主义"》,《西南师范大学学报》,2005 年第 9 期。

说中通常主角是一个平凡普通的少年,他最终通过各种际遇磨炼成长为神或仙或圣或成大道。比如,《诛仙》主角张小凡是一个资质愚钝、先天修炼不足的孤儿,在众多师兄弟姐妹中毫不起眼;《佛本是道》的主角周青是一个普普通通的大学毕业生,在都市里浑浑噩噩;《花千骨》里的花千骨是一个村夫的女儿;《我当道士那些年》里的陈承一是四川山沟里的农村娃儿;《山海秘闻录》里的叶正凌是城市普通工人的孩子……而随着故事的展开,逐渐进入一个"高魔"的设定中,为使作为普通人的主角能量与神话世界匹配,作者往往点用"金手指"给主角"开挂":或偶得法宝,比如张小凡获得"噬魂珠";或偶遇高人,比如《斗破苍穹》里萧炎遇药老;或揭示主角不俗的前世身份,花千骨的前世是神,陈承一是道童子转世,叶正凌是被封印的猎妖人转世,等等。

《悟空传》堪称网络幻想小说类别中打破"神性"、塑造"人类神话"的经典个案。今何在原名曾雨,1977年生,厦门大学毕业。2000年,他随意涂鸦的一部小说《悟空传》被誉为"网络文学第一书",激起网络文学第二冲击波,出版成实体书后因为太畅销,又再次出版了7次,加印100多次。中国文学文化界的知名人士对《悟空传》的评价极高:

> 王家卫:我从《悟空传》里看到了许多"大话西游"人物的影子,只不过他们换了形状。这些人物已经成为我们的朋友,让我觉得很温暖。
>
> 蔡骏:一个时代的传奇,一百年以后,仍然会有人记得。
>
> 燕垒生:似曾相识的画面,组成的却是最意味深长的故事,即使十年后仍让人记忆犹新。
>
> 斩鞍:《悟空传》是第一部让我发现原来网络和文学是可以放在同一个句子中的小说。从那个时代的中文互联网走过

来的人,有同感者大概不少。

丽端:作为一个奇幻作者,我想不少同行和我一样,是通过《悟空传》的启蒙才进入了这片写作领域。从这个意义上讲,《悟空传》开启了一个时代。

随后今何在又写了《若星汉天空》《九州·羽传说》等玄幻小说,和周星驰合作《西游·降魔篇》。据说和周星驰合作过的人都知道,他这个人是很挑剔的,但周星驰看了今何在的剧本说:就这么定了,一个字都不用改了。一个人的成功,是和他小时候的环境和所接触的东西分不开的,今何在从小就喜欢《西游记》,小学时就曾尝试改写《西游记》,据说今何在在最近又在"西游"的故事上做文章。一个人,因为和一部小说的缘分,一生就只做这么一件事情,但是他成功了。《悟空传》在其诞生的时代受人追捧,之后长盛不衰受到"90后""00后"青年的喜爱,一个最重要的原因是他写了一个小人物与"神"反抗的故事。

《悟空传》沿袭了《大话西游》的人物形象和故事,《大话西游》是对经典《西游记》的解构和颠覆。《西游记》创造了一个天上人间地下妖魔鬼怪神佛凡人共生的世界,充满了奇幻的想象力,不管哪一代的儿童,从我们"80后"到今天的"00后",都是看着《西游记》长大的,这是一部可以跨越代沟的电视剧。小孩子为什么喜欢看?因为里面不停地打妖怪,多威风啊。我们今天的玄幻小说,核心也是打妖怪,主角和他的小伙伴们,一路打怪一路升级。但是,《悟空传》的故事不是打妖怪,是一个很另类的西游故事。

故事从五百年后开始,孙悟空等三个徒弟因触犯天条遭受诅咒,为了解除自己身上的诅咒,不得不护送唐僧西行。师徒四人被删除了前世的记忆,开始西游取经,修成正果。他们不知道,这只不过是如来和他的徒弟金蝉子打的一个赌。起因源于他们的观念

不同,唐僧即金蝉子说:"他们修小乘,我修大乘;他们修虚空,我修圆满。"五百年后密林迷踪,故事以师徒四人走到一片密林为开端:

四个人走到这里,前边一片密林,又没有路了。

"悟空,我饿了,找些吃的来。"唐僧往石头上大模大样一坐,说道。

"我正忙着,你不会自己去找? ……又不是没有腿。"孙悟空拄着棒子说。

"你忙?忙什么?"

"你不觉得这晚霞很美吗?"孙悟空说,眼睛还望着天边,"我只有看看这个,才能每天坚持向西走下去啊。"

"你可以一边看一边找啊,只要不撞到大树上就行。"

"我看晚霞的时候不做任何事!"

"孙悟空你不能这样,不能这样欺负秃头,你把他饿死了,我们就找不到西天,找不到西天,我们身上的诅咒永远也解除不了。"猪八戒说。

"呸!什么时候轮到你这个猪头说话了!"

"你说什么?你说谁是猪?!"

"不是猪,是猪头!哼哼哼……"孙悟空咬着牙冷笑。

"你敢再说一遍!"猪八戒举着钉耙就要往上冲。

"吵什么吵什么!老子要困觉了!要打滚远些打!"沙和尚大吼。

三个恶棍怒目而视。

"打吧打吧,打死一个少一个。"唐僧站起身来,"你们是大爷,我去给你们找吃的,还不行吗?最好让妖怪吃了我,那时你们就哭吧。"

"快去吧,那儿有女妖精正等着你呢。"孙悟空叫道。

第七章
东方幻想之玄幻仙侠小说

"哼哼哼哼!"三个怪物都冷笑。

"别以为我离了你们就不行!"唐僧回头冲他们挥挥拳头,拍拍身上的尘土,又整整长袍,开始向林中走去。刚迈一步,"嘶啦"长衫就挂破了。

"哈哈哈哈……"三个家伙笑成一团,也忘了打架。

——《悟空传》

《悟空传》的开头既有网络类型小说轻松口语化风格,又借鉴了《大话西游》无厘头的搞笑色彩,寥寥数行中解构了传统古典《西游记》中的人物设定。孙悟空失去了五百年前的记忆,为了摆脱"妖猴"这个称呼及其自身犯下的罪孽,并渴望成仙成正果,一心只想完成上界交给他的三件事,这样他就可以自由自在并成为天上的神仙了。不久在密林里他遇见了一个"女妖"双儿,把她打得奄奄一息,但双儿还是对孙悟空充满深情,希望唤醒他五百年前的一丝记忆。走出密林后,突然出现的孙悟空一棒打死了唐僧,这是个假的孙悟空。当真正的孙悟空赶来时,一直潜藏在师徒队伍里的奸细沙僧忙不迭去报官。孙悟空无奈到阴曹地府去寻找唐僧的鬼魂,与阎罗大战一番后,还是没能找到,只好又跑到东海龙宫借定颜珠以护唐僧的真身。但他没料到,小白龙公主早已回到了龙宫并借走了定颜珠。孙悟空只好空手而归,但随后假悟空又打死了老龙王。

接下来今何在用了插叙的手法,视角转到过去追述唐僧五百年前"金山论道"的故事。唐玄奘心地善良仁慈,有一次看到渔民捕捞了一尾金色鲤鱼,出于好心救了她,并把她带回金山寺。今何在给金色鲤鱼安排了一个身份:偷溜出龙宫的公主小龙女。小龙女感恩唐僧玄奘救了她,在接下来的相处中,小龙女见证了玄奘在金山寺的生活:玄奘与云游到金山寺的天杨师父辩论佛法,并战胜了他,不久之后,玄奘为了追求佛法,化解心中的疑惑,离开了金山寺,开始了伟大的远行。不知不觉间小白龙爱上了玄奘,后来她被逼着嫁给天帝当妃子,小白龙选择了自杀,"他所要的,我全都抛弃,只剩下我洁净的灵魂,给我所爱的人"。希望自己的灵魂能够伴随玄奘。五百年后,小龙女被天界惩罚,化作白龙马护送唐僧到西天取经。

至此小说又切换了画面,续接开头五百年后天庭重遇。孙悟空来到了天上找唐僧的魂魄,遇见了紫霞仙子,紫霞提醒他的身份,此时孙悟空却已不记得五百年前的事了。他来到了灵霄殿,却被当成杀死唐僧的凶手,经历又一番天宫激战之后,孙悟空落败了,陷入了疯狂之中。接着故事又切换到了五百年前的悟空前传:五百年前,唐僧原本的身份是金蝉子转世,是如来座下的二弟子,可是他与如来观念不同,质疑如来佛法,按照自己的法度来修行,企图超越如来,被如来施法走火入魔,坠入红尘,化作唐僧玄奘;五百年前孙悟空的故事承袭了《西游记》中大闹天宫的情节,并借用《大话西游》作了改写:当时的美猴王率领妖界和神界展开了一场厮杀,天庭杀不死美猴王,只得封他做了神仙管理蟠桃园,孙悟空偷吃蟠桃时邂逅了紫霞仙子,无聊之时搅乱了银河的星星,那是阿月和天蓬元帅花了千万年才做成的。孙悟空大闹天宫之后,和天庭展开一场神妖大战,在战争中花果山毁于一旦,孙悟空受封"齐天大圣"的美名。王母的蟠桃大会没有邀请孙悟空,孙悟空大怒跑去灵霄宝殿。正值阿瑶因摘的桃子太小被王母训斥,好姐妹阿月替阿瑶求情也一起被罚。天蓬元帅看见自己所爱的阿月受罚,便走过去"扶起了所爱的人",因此被贬落凡间做了一头猪。孙悟空救阿瑶之际与王母发生激烈冲突,盛怒之下一棒打向了王母,沙僧丢了一个琉璃盏救了王母,却因打碎了这个琉璃盏被贬下凡。

接下来的故事切换到五百年后悲剧的结局:猪八戒终于等到

小龙女借定颜珠回来了。孙悟空在天上没有找到唐僧的魂魄,却被天神擒拿扔进了太上老君的炼丹炉。孙悟空逃了出来,捣毁了火炉,整个天空开始燃烧了起来。天蓬元帅看到天上熊熊燃烧着的火焰,担心阿月,不顾一切地冲向了天空,小白龙也跟在后面。在熊熊烈火中,小白龙见证天蓬元帅和阿月相拥团圆了。而此时天宫出现了另外一个孙悟空——齐天大圣,与另一个孙悟空——妖猴展开激战,最终齐天大圣打死了妖猴,但如来却告诉他:齐天大圣是六耳猕猴,打死了唐僧,打死了龙王,打死了孙悟空。最后齐天大圣把金箍棒挥向如来,却意识模糊最终倒下了。众人才发现,真假悟空只不过是处于虚实之间的同一个孙悟空,孙悟空自己打死了自己。沙僧花了五百年终于补齐了打碎的琉璃盏,却被王母摔得粉碎……

今何在曾说,《悟空传》描绘的是他心目中一个真实的西游故事。"西游就是一个很悲壮的故事,主题根本就不是打妖怪。妖怪分两种:一种都是当年跟着孙悟空一起反抗天庭的兄弟,像牛魔王之类的,孙悟空必须把当年和他一起战天斗地的结拜兄弟都干掉,就为了成佛,我觉得这就是最大的悲剧;另一种则是神仙安排下来的,不是这个的坐骑就是那个的宠物。这也太恶心了,一边让人去西天一边安排下九九八十一难,就想把你整死。所以整个西游就是一出悲剧,是一场阴谋,不论你怎么做,都是死路一条。你不服从神,不向西走,整死你;你向西走,一路上九九八十一难,都是神安排的,依然整死你。最后到了西天,你以为成功了,最后给你部经还是假的,全是白纸,你拿回去退货,送了礼,给你部有字的,你以为是真的,是真的吗?其实还是假的,因为本来无一物,何处惹尘埃,所谓道不可道,我们说了别人的答案不是你的答案。"今何在认为传统的《西游记》把西游过程中的种种都美化了,有些真实的地方说得很隐晦,他却把这种种隐晦之处挖掘出来,通过《悟空传》

把这些真实赤裸裸地展现出来。

从上述分析可以看到,这样一个奇幻的西游故事,和《西游记》不同,《悟空传》并不是典型网络类型小说的直线性叙事手法。首先,它没有故事情节主线,围绕孙悟空和唐僧等人的前世今生为叙述对象,以孙悟空、唐僧等个体与天庭、如来等神佛的意志反抗为中心,糅合了孙悟空和紫霞仙子、猪八戒和阿月、唐僧和小龙女的爱情悲剧。其次,打破了网络小说的线性结构。同类网络小说大多都是线性结构,结构比较单一。《悟空传》的叙事结构则异常复杂,时而五百年后,时而五百年前,时间上叙事杂糅。再次,今何在大量运用了意识流的手法和蒙太奇画面组接,这种叙事手法给人们新鲜的审美体验,在考验读者耐性的同时又刺激着读者挑战自己的智商。

《悟空传》解构和颠覆了传统经典人物形象,对人物形象进行了消解,进行了重新塑造,将残酷的人性真实赤裸裸地展现出来。比如开篇师徒四人恶语相向,全无《西游记》中那种兄弟般的情谊,也消解了传统师徒间的伦理尊卑关系。唐僧不再是善良、一心向佛的得道高僧的形象。他在密林中见到一女子开口便道:"女施主你好漂亮啊!"这和他"不近女色"的经典形象完全颠倒过来了。孙悟空不再是《西游记》中嬉闹玩世的活泼形象,而是作为一个悲剧英雄,一生都在反抗,但终究无法掌握自己的命运。猪八戒从一个贪吃懒惰的形象化身情种,被贬下凡后一心渴望和阿月团圆,每晚"在有星星的夜空都会对着清空凝望",并最终同阿月一起葬身火海。观音菩萨再也不是慈眉善目普度众生的形象,当阿瑶乞求王母原谅磕破了头血流地板时,观音见到了,只是冷冷一句:"地板脏了。"一个冷漠无情的神仙形象便被勾勒了出来。

《悟空传》的语言简洁鲜活,时而诙谐,让人在泪眼中发出会心的笑。

那天上,有一轮那么蓝的月亮。满天的银河,把光辉静静照在一只哭泣的猪身上。

当五百年的光阴只是一个骗局,虚无时间中的人物又为什么而苦,为什么而喜呢?

也许每个人出生的时候都以为这天地都是为他一个人而存在的,当他发现自己错的时候,他便开始长大。

神不会去救任何人,能救你的只有你自己。如果你死了,改变不了任何事情 但只要你活着,就可以改变一切。

你以为你有很多路可以选择,但是在你四周有很多看不见的墙,其实你只有一条路可以走。

因为我想活着,我不能掩藏我心中的本欲,正如我心中爱你美丽,又怎能嘴上装四大皆空。

不要死,也不要孤独的活。

天地何用?不能席被,风月何用?不能饮食。

纤尘何用?万物其中,变化何用?道法自成。

面壁何用?不见滔滔,棒喝何用?一头大包。

生我何用?不能欢笑,灭我何用?不减狂骄。

从何而来?同生世上,齐乐而歌,行遍大道。

万里千里,总找不到,不如与我,相逢一笑。

芒鞋斗笠千年走,万古长空一朝游,

踏歌而行者,物我两忘间。

嗨!嗨!嗨!自在逍遥……神仙老子管不着!

——《悟空传》

优雅和精彩的语言散发着青春的迷茫、对人生意义的思考。传统的《西游记》故事老少皆宜,但《悟空传》不是写给小孩子看的,是写给二十多岁成年即将走上社会,或者在社会中摸爬打滚过一

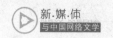

番的人看的。因为它不像传统的玄幻仙侠小说那样,以离奇的故事情节取胜,通篇的主旨是对生命意义的思考。而这个阶段的读者经历了学生时代的求学经历,在即将踏上社会征途时才发现,整个世界并不是童话世界里描绘的那个样子,周围有无数的力量阻碍着个人的"自由选择":"你以为你有很多路可以选择,但是在你四周有很多看不见的墙,其实你只有一条路可以走。"既有的道德伦理秩序、阶层固化秩序等,都已经安排好了个体所要走的路,实现理想的道路上,充满了重重阻碍和陷阱。那么,我们该如何安放自己的青春和梦想呢?正如《悟空传》里玄奘曾问他的师父:

> 师父,我一直在想,天下万物,皆来于空,可这众生爱痴,从何处来?天下万物,又终归于空,那人来到尘世浮沉,为的又是什么?
>
> ——《悟空传》

人生的真相究竟是什么?生存的意义何在?每一步我们应该如何走?今何在心目中的西游之路,就是作为个体的"人"的道路。每个人都有一条自己的西游路,我们最终的归宿都是西天,到了西天,人生就虚无了,最终归于来处,归于虚空。所有的人都不可避免要奔向那个归宿,就像刘慈欣《三体》第三部的书名《死神永生》,所有的文明最终都要走向消亡,死神是永恒的灯塔,何况于飘渺红尘中的个人生命?在短暂的个体生命生存中,我们该怎么活?如何活出真正的自我?如何实现自己的价值?《悟空传》在世纪之交给中国当代青年振聋发聩的当头棒喝,对个体小人物价值、命运的关注及至今日仍然感动着一代又一代新的网络文学读者。

在网络幻想小说构筑的"新神性"空间中,虽以神话世界体系为背景,但诸神皆为配角,主题是小人物在"神话"中的"成长"。不

第七章 东方幻想之玄幻仙侠小说

管这个"神话"空间是《山海经》里的四海八荒,抑或异世大陆、宇宙星空,抑或当代都市,都可以归结到这个主题。世纪之初《悟空传》以惊才绝艳之笔赢得"网络文学第一书"的美誉,并非以故事性取胜,其叙事风格也极为晦涩无厘头,无情节主线,时而意识流时而蒙太奇的手法与传统类型小说叙事相去甚远,而真正打动万千网友的是书中振聋发聩的呐喊:"我要这天,再遮不住我眼,要这地,再埋不了我心,要这众生,都明白我意,要那诸佛,都烟消云散!"天地与漫天神佛,代表了"神性"。"神性"在其中可能表现为不可突破的绝对能量,比如宇宙中的天道,比如无法抵抗的力量、命运、定数,一切体制化的铜墙铁壁,不符合人性的传统道德伦理,等等,小人物在成长过程中,面对绝大多数不可抵抗的力量该如何去应对?顺应,还是反抗?《悟空传》选择了抵抗——"诸佛,都烟消云散"。尽管结局注定是悲剧,今何在仍然给予他笔下具有反抗精神的孙悟空高度赞扬:"你要记住你是一个猴子,因此你不用学做神仙,你的本性比所有神明都高贵。"(《悟空传》)

《悟空传》开启了一个神性退却、个体人性张扬的时代,给后来的网络幻想小说奠定了基调,后世网络幻想小说深受《悟空传》的影响。西游之路实际上是每个人的人生之路,人生的真相究竟是什么?生存的意义何在?每一步我们应该如何走?《悟空传》给处于青春迷茫期的青年发出了世纪之问:凡人该如何面对神祇?我们该如何"成长"?早期的网络幻想小说均选择了绝望地反抗,由此我们看到早期网络小说中热衷于塑造具有悲剧色彩的"恶人英雄""不善也不恶"的"英雄"——一个小人物被逼入绝境后的终极反抗,秉持颇不受文学评论家待见的"佛挡杀佛""神挡杀神"和"道德虚无主义"倾向。如《诛仙》中张小凡被正道相逼黑化成魔,以致生灵涂炭;《花千骨》中花千骨受困于伦理得不到爱人的承认最终化为妖神;《佛本是道》中的周青一心修炼,一切行为皆出于利益。虽

然个体成长在"神话"的故事里展开,却无不是当代社会青年现实处境和心灵困境的投射。面对占据权力和法理的绝对权威,面对传统道德伦理以及所有神圣不可违抗的绝对"意志",一个大写的"人"的生存意志和生命力肆意绽放的渴望在幻想的神性空间里突显。

2010年之后仐三的《我当道士那些年》和随后的《山海秘闻录》却有着不同的观念:天道是宇宙法则,不可违逆,天道之下一切各就其位维持稳定运转,一旦违抗了规则就打破了稳定平衡之态,所以应该在天道之下保持人类的"本心"。《山海经》中的上古妖兽本该受困于秘密洞穴,一旦出世,对于人间就是灾难;昆仑之物就该呆在昆仑,降落人间世界就会引起浩劫。主角陈承一的成长过程不仅是道术增长也是"红尘炼心",最后成长为一个有担当的玄学领袖的过程。邪道之人不择手段,联合科学天才杨晟通过科学手段,寻找提炼昆仑之物,实施人类改造计划,提升人类潜能,想要走捷径洞开昆仑仙境获得永生。这个计划很诱人,获得了全球修者、财阀的支持,但却是踏着别人的鲜血和尸骨,让一部分"高等"人类到达仙境。最后正道修者精英尽出,以巨大的牺牲代价阻止了这个疯狂的计划。修者终极目标是得道修仙,摆脱轮回,但是不是为了这个"我"要成仙的目的,任何手段都不重要了呢?"我"之正道究竟是什么?作者一再表达的观念是:天道和本心。本心很重要,"人的本心"甚至强大过"满天神佛",因为人是"万物之灵",但仍要尊重天道。无论是陈承一还是叶正凌,都在以人类的力量,在一个没有神话也不再相信神话的时代,维持着人间天道的平衡,书写着当代的"人类神话"。

第四节　脱离传统"神性"时空的"审美杂糅"

网络幻想文学对古典神话的重述还呈现出脱离特定的神性时

空与其他因素"审美杂糅"的特点。一般神话叙述中,各族的神仙有自己所属的叙事空间、历史阶段和能量场,神话故事也发生在了特定的族群、历史和空间设定中,一般互不掺杂干涉,也不会脱离特定的神性叙事时空。而网络幻想小说中的神话打破了时间和空间的桎梏,时间上无起点和终点,如前所述以"量劫"来计算;空间上跨越四海八荒、浩瀚宇宙,时间和空间都极具伸缩性和弹性。那么,对神话的讲述便不拘泥于历史、地理空间和特定要素了。

表现手法之一便是神性的力量超越国界、超越种族,东方和西方的神秘力量在同一部小说中产生了交集。《佛本是道》中第一部中,华夏本土的道士、九尾狐、巫蛊和日本流影派、西方教宗、吸血鬼、狼人等展开混战,整部小说中道家的手诀、符咒、阵法,苗疆的金蚕,西方教会的咒语等花样百出,令人头晕目眩。《我当道士那些年》中,佛、道、巫、蛊、密宗齐聚,而道家的玄学五脉流传于华夏、印度甚至西方,在世界范围内形成不受世俗政治约束的修道势力圈子。追寻起缘由,一方面可能作者懒于对特定历史、地理背景的考证,另一方面是故意为之。新媒体时代,全球性的青年文化正打破印刷文明带来的封闭和保守,网络时代的新人类正在集结起地球村"部落化"的生活模式。① 新"人类神话"故事不一定发生在远古,也许在当下,也许在未来;不一定在《山海经》中的"大荒",也可能在中国、全球的都市,乃至超越了"球界"进入更深邃无边的宇宙星球。那么,全球神话与中国本土神话大集结所形成的独特审美奇观,便不奇怪了。

表现手法之二是神性的力量和现代科技熔为一炉。农耕文明时代的神话是讲述我们过去的故事,人类进入信息时代,网络文学中的"人类神话"是面向未来,将神话和科技结合起来。比如《我当

---

① 邵燕君:《网络文学的"网络性"与"经典性"》,《北京大学学报》(哲学社会科学版),2015年第1期,第143-152页。

道士那些年》中,用科技的力量是否可以洞开昆仑的结界?科学天才杨晟就试图通过现代科技研究来自仙境昆仑的植物、魂魄,打造人类修仙的捷径。陈承一师门不仅是道家正统传承者,也个个受过高等教育甚至出国留学;科学和玄学互证,海市蜃楼和蓬莱仙山的出世,用科学解释就是空间重叠,空间被撕开。网络文学的读者和作者纵然对神话的真实性失去了虔诚,但是均受过多年的现代科学体系化教育,当代科技和网络等技术的发达使得神话中的种种神迹正在变成现实,比如飞天、奔月,"带着地球去流浪"的梦想与危机也似乎触手可及。如吕微教授所言:神话无疑最接近宗教,当然也接近历史和科学。① 网络文学中神话思维与科学思维走向相互阐释、相互融合的状态②,展现了网络文学非凡的创造力和复杂的思维力,同时也展现了年轻一代对于未来非凡的想象力。

玄幻修仙类是网络文学中最繁荣兴盛的类型,而经典神话又是网络玄幻修仙类型小说中最主要的资源。中国神话的重述历来没有停止过,无论是作注、评点或拼接、挪用,都意味着不同历史时期对经典故事的解读与接受。这些跨历史时期的对话,使得神话得以活态传承。网络幻想类型小说与神话的结合触发了审美共通感,其在"述古"的同时,还倾注了当下中国青年人的审美意识和文化思想价值观念,正是由于这些鲜活文化意识的注入,神话故事才能在一遍又一遍的跨历史对话中,在新媒体时代获得新的生命力,进而传承本民族独有的集体记忆和精神基因。

网络文学对古代神话的活态传承并非全盘复制经典,而是结合了当代青年的游戏思维、价值观念和情感审美模式,在网络信息技术的作用下呈现一系列新的特点。首先,古典神话深邃广阔的

---

① 吕微:《神话何为——神圣叙事的传承与阐释》,北京:社会科学文献出版社,2001年,第428页。
② 王祥:《网络文学海外传播的理论认知问题》,《文艺报》,2019年2月27日。

第七章
东方幻想之玄幻仙侠小说

世界体系,被用作网络幻想小说具有游戏性质世界背景的基础设定;其次,和追溯崇拜远古神话的悲情、凝重相较,网络文学的作者及其读者粉丝更倾向于塑造"人类神话",他们通过重述经典神话便捷地表达自己的价值观和审美倾向。"人类神话"中充满对于个体成长、个人与社会、个体生命的意义、人应该怎么样活着等终极意义问题的哲学思考,折射出当下青年在启蒙话语失落的时代,面对高速膨胀的社会迸发出的普遍"生存"焦虑。网络幻想文学还打破了古典神话特定的神性时空与其他因素"审美杂糅",具有跨地域跨民族面向未来的特点。正如邵燕君教授所言:"未来很可能出现一个社会,人们不再理解莎士比亚,也不需要读懂他,因为那个社会的情感和思维方式,人们不再能从莎士比亚那里获得任何东西。"① 而只要神话还能激活民族记忆和精神基因,还能被传承与阐释,并且产生新的神话,就能为理解现实社会和构建认同贡献宝贵的力量。

---

① 邵燕君:《网络文学的"网络性"与"经典性"》,《北京大学学报》(哲学社会科学版),2015年第1期,第143-152页。

第八章

后宫种田小说中的"大女主"

2010年以来,"女王""腹黑女"等女性形象活跃在各大网文IP及改编的各类作品中,如《后宫·甄嬛传》《芈月传》《武媚娘传奇》《花千骨》《锦绣未央》等均是演绎女主由"白莲花"转变为"腹黑女"的故事。陶东风先生曾在《人民日报》发文比较国产剧《甄嬛传》与韩剧《大长今》中的女性形象,批评《后宫·甄嬛传》宣扬"比坏"的价值观①,网络舆论却力捧甄嬛,宣告着当代女主形象走出《渴望》和琼瑶剧中的"白莲花时代"②。不论评价如何,"甄嬛们"一路"腹黑到底"至《庶女有毒》(作者秦简,2014年纸质出版名为《锦绣未央》,原载潇湘书院,2012年)中的女主李未央达登峰造极的地步:李未央前世为"圣母白莲花",重生后以凌厉狠辣手段复仇收获幸福的故事让一众"渣女"们大快人心。③ 百度IP魔方检测其拥有广泛的群众基础:2016年改编为电视剧《锦绣未央》,开播首日收视率和网播量双双达到当天第一名,24小时内网络点击突破3.6亿,微博粉丝132万,话题阅读量6.1亿、讨论数34.3万。其受众中女性占比高达91%,基本位列于

---

① 陶东风:《比坏心理腐蚀社会道德》,《人民日报》,2013年9月19日,第08版。
② 王玉玉:《从〈渴望〉到〈甄嬛传〉:走出"白莲花"时代》,《南方文坛》,2015年第05期,第47-49页。
③ 《庶女有毒》的粉丝们自称"渣女",与作者秦简互动时也互称"渣女"。

女性受众IP的首位。① 尽管原著被爆抄袭争议不断,但无法阻止其成为大众女性粉丝筛选出来的热门IP,李未央更被粉丝们称为"腹黑女"的鼻祖。"腹黑女"形象为女性受众青睐的深层次原因,恐怕不是"比坏"的价值观那么简单。"腹黑女"流行与"网络女性主义"思潮勾连,折射出当下女性的现实困境,"腹黑女"跨媒介改编过程中受到主流价值观的审美规训,呈现女性向亚文化空间与主流社会的冲突,也突显新时代女性主体性建构的重重困境。

第一节 "女性向"流行IP中的"腹黑女"

"女性向"IP是文化产业市场细分的产物,也是中国女性性别建构的特殊空间。"女性向"一词诞生于1950年代的日本,写作"女性向け",意为"面向女性的",指一种将女性视作主要受众的文化消费。② 20世纪末,日本"女性向"标签与ACGN文化一同传入中国,与网络迅速普及结合,中国女性才真正拥有如英国女作家维吉尼亚·伍尔夫(Virginia Woolf)所述"一间自己的屋子":女人写给女人看,不再顾忌男人脸色,关起门来YY,表达欲望释放焦虑自我疗愈,也重新描绘着女人的自我想象。③ 2013年在一项网络文学品牌认知的调查中,晋江文学城、潇湘书院、红袖添香等女

---

① 《锦绣未央》:我们预估出的潜力IP,http://mp.weixin.qq.com/s?__biz=MzAx MDc4ODkzNw==&mid=2653427816&idx=1&sn=3a070a93a19f966c3b554986400420a4&chksm=8097b14eb7e038588c86f46fe1a60f1290a1d96d2c718d66afa86bba0f69bf51e38ad8a6d115&mpshare=1&scene=5&srcid=11150qUsQIiCeJ JNyeNK-lybJ#rd,2016-11-15.

② 郑熙青,肖映萱,林品:《网络部落词典》专栏:"女性向·耽美"文化》,《天涯》,2016年第3期。

③ 肖映萱:《"女性向"网络文学的性别实验——以耽美小说为例》,《中国现代文学研究丛刊》,2016年第8期,第39-46页。

性文学网站就占据第 3 到第 6 位中的三位,起点专门创建起点女生网,一些知名文学网站也专设女性频道。① "女性向"网络文学家族涌现形形色色的穿越、后宫、言情、耽美等类型小说和元素,将"男评委"挡在门外,耕织着专属女性世界的浪漫情怀。

IP 时代来临则将"女性向"文学从网络空间推向主流社会。IP 即为知识产权,从 2014 年起引发文化产业界高度关注、2015 年开启"IP 元年",围绕"互联网 IP"知识产权的开发成为行业高度共识,今天人们热议的 IP 时代实际上是互联网粉丝链条的一个延伸。② 如百度 IP 魔方在《锦绣未央》以小说《庶女有毒》连载时,就检测出它独具特色的潜力值:"魔方指数由 510318 走向一路标高为 1650212 的百万级别,并仍有增加趋势。"③通过大数据评估 IP 的开发价值已是市场惯例,拥有庞大粉丝团的"女性向"网络文学因此成为文化资本角逐的重要场域,它必定要进入新型的影视文化生产机制中,成为超级热门的流行 IP。

流行文化中的女性形象往往彰显女性的社会性别角色认同。"琼瑶式"港台言情小说、韩国的爱情偶像剧、日本的耽美同人动漫等是大陆"女性向"网络文化最重要的养分来源,因而最初女性向网络言情小说盛产"圣母白莲花""傻白甜"等女性形象,如《何以笙箫默》中的赵默笙、《杉杉来吃》中的小职员薛杉杉,都是以男性视角创造满足男性审美欲望、取悦于男性的女子形象,其性别气质是

---

① 汪全莉,张蔚:《女性向网络小说主流类型及问题探析》,《浙江传媒学院学报》,2015 年第 4 期,第 54-59 页。

② 管雪莲:《超级 IP 制造时代的"玛丽苏式神话"》,《探索与争鸣》,2016 年第 03 期,第 70-74 页。

③ 《锦绣未央》:我们预估出的潜力 IP,http://mp.weixin.qq.com/s?__biz=MzAxMDc4ODkzNw==&mid=2653427816&idx=1&sn=3a070a93a19f966c3b554986400420a4&chksm=8097b14eb7e038588c86f46fe1a60f1290a1d96d2c718d66afa86bba0f69bf51e38ad8a6d115&mpshare=1&scene=5&srcid=11150qUsQIiCeJJNyeNKlybJ♯rd,2016-11-15。

第八章
后宫种田小说中的"大女主"

美貌、温柔、贤淑、单纯无心机甚至有点傻;"圣母白莲花"相较"傻白甜"更要承担道德伦理的责任:隐忍、无私付出甚至自我牺牲。随着《后宫·甄嬛传》(作者流潋紫,晋江原创网,2006年)及后续一系列"宫斗""宅斗""职场""种田"等类型中"反白莲花"作品的涌现,以及"女尊文"在女性向大历史叙述中的崛起①,近十年来的"女性向"网络写作中,"白莲花"早已无立足之地②,"腹黑女"带着超强"玛丽苏"光环闪亮登场。

《庶女有毒》中的李未央是典型的"腹黑女"。"腹黑"一词源自日本 ACGN 界,原意为"口蜜腹剑""擅长心计",用来指外表温和良善,内心却工于心计、黑暗邪恶的人。女主的故事设定在历史架空背景中:李未央是大历国丞相府庶出的三小姐,为婢女所生,从小被遗弃到乡下给远亲收养,为给嫡姐做挡亲的垫脚石被父母接回家,嫁给出身不高的三皇子拓跋真。她扶持拓跋真登上帝位,但拓跋真倾慕的却是她"美丽高贵宛若仙人"的嫡姐李长乐,李未央一出场便是冷宫废后:八年患难夫妻以命相护,却换来极刑加赐毒酒一杯。女主前世在惨烈中死去,重生后故事从她寄养在乡下开始,带着前世三十六岁的记忆,十三岁的李未央被接回李府,如同"地狱里归来的魔鬼",对前世加害她的人展开疯狂复仇。网络小说中吸睛之处不仅有她为复仇步步为营的种种细节,更有李未央换了一种活法后展现的"新女性"形象,这个新女性历史上前所未有,她一举一动表现出来的"人"的魅力不仅俘获了戏中男一、男二……男 N 号,也在戏外收获"渣女"粉丝无数。

"腹黑女"李未央最强烈的形象特质是"以智为美"。小说中李

---

① 高寒凝:《"女性向"网络文学与"网络独生女一代"——以祈祷君〈木兰无长兄〉为例》,《中国现代文学研究丛刊》,2016年第8期,第47-53页。
② 肖映萱:《"女性向"网络文学的性别实验——以耽美小说为例》,《中国现代文学研究丛刊》,2016年第8期,第39-46页。

未央"雪肤云鬓""面容清秀",有一双幽深如古井的眼睛,预示她看透人心、心思缜密。拥有两世阅历的她凭借智计、谋略和胆识,屡次置之死地而后生,保护自己和所爱的人。她的智计不局限于内宅深宫女人间的争斗,更是指点江山宛如"女诸葛",让她显得越发动人、别具特色,男人们趋之若鹜,将之奉为瑰宝,更视之为夺权利器。小说中男子和女子几乎无一不美,但美貌已不是稀缺资源,智商情商才是笑到最后的制胜法宝,小说对男人垂涎于女人美貌予以唾弃:李长乐、裴宝儿都是倾国倾城的第一美女,但是空有皮囊没头脑;南康公主空有美貌和皇女身份,却没有智慧,她的单纯在深宫斗争中只能是养母的拖累。李未央惺惺相惜欣赏智慧型美女,比如贵族小姐王子衿,有谋略有胆识有智慧胜过家中所有男儿;比如她的仇敌裴皇后,整个"越西篇"就是李未央和裴皇后之间智计的较量。或者说整部小说就是一个智力大比拼的游戏,如李未央和棋逢对手的蒋华、拓跋真、元英、裴皇后、王子衿等,技不如人愿赌服输。李未央赢得对手尊重的,不是她的美貌,也不是她的温柔善良,而是她的智慧。

"腹黑女"之所以"腹黑",在于她抛弃了"圣母"的道德感,表面温厚内里暗黑,不做滥好人,不主动害人,但也不姑息害自己的人。李未央多次在受到谋害后都表达了同样的观念:人不犯我我不犯人,人若犯我我必不饶人。李未央得知五小姐李常喜预谋放蝎子毒死她,立即毫不留情予以反击。她不会主动招惹人,但若有人招惹她,她便绝不含糊,因为"若是对自己的敌人过于仁慈,就是对自己的残忍"。即便是贵为七皇子拓跋玉生母的张德妃警告她配不上七皇子,李未央也要"讨回一点儿利息",最后拓跋玉不得不求李未央放过其母。李未央前世也曾是"圣母白莲花":

> 她做了一辈子的好女人,为他做牛做马,做了一辈子的好

> 皇后,她在大战时不顾病体亲自勉慰将士,逢灾难冒风险为灾民开仓放粮,不惜触怒拓跋真也要匡正他为政的失误,对内监宫女更是宽容慈爱,可她现在得到了什么回报?到了她落难的时候,有谁肯站出来为她说一句话!没有!
>
> ——《锦绣未央》

因此她死前发誓:"下辈子……再不与人为善,绝不入宫,誓不为后!"故而今生的李未央绝不做好人,也明白当滥好人的无用:碰到男子当街鞭打妻子,她不仅不搭救还要阻拦"见义勇为"的九公主,因为她明白表面上帮助了那挨打的女子,实则让她所受的暴力变本加厉。每个人都应为自己的人生负责,不应总生活在别人的庇护之下,比如郭惠妃保护南康公主很多年,李未央却摇头:"南康公主这么容易心软,将来怕是要惹出麻烦。"在李未央看来,南康公主是个好孩子,但这样的人在宫廷里是不可能活下去的,"要破坏一个人的天真和善良的确很遗憾……但是……人只有不断让自己变得敏锐,变得强大,才能保护自己,保护身边的人"。李未央正是这么做的,她让自己过上比京城所有贵族小姐更优越自在的生活,也保护着亲人不受伤害。和杀人不眨眼的"女魔头"如梅超风、李莫愁相比,"腹黑女"对待仇敌像"魔鬼"般心狠手辣甚至残忍,但却不是滥杀无辜、没有底限的坏女人,她也会同情难民、施救落难的人,但绝不滥用,也不是传统意义上的好女人。准确说,"腹黑女"要解构的"道德"是强加在"好女人"身上的道德质素,比如逆来顺受、无私奉献等,而并非是非善恶不分。从这个意义上讲,"腹黑女"及其拥趸者崇尚的"道德虚无主义"倾向,本质在于解除传统男权话语加诸女性身上的道德枷锁。

"腹黑女"李未央彻底颠覆了"圣母白莲花"和"傻白甜"的女性形象,传统女性特质中的绝世美貌、温柔善良、自我牺牲,统统不沾

边,因为她不需要凭借这些特质吸引男性、倚仗男性的保护,相反,她能依靠无双智计和凌厉心肠独立于世间,扛起自我保护和保护亲人的责任。这样的"新女性"必然不依附于男性生活,也不受男性掌控。然而李未央毕竟是活于女性向网文空间,从网文走向影视文化空间,李未央又将遭遇什么呢?

第二节 "腹黑女"形象的跨媒介改编

IP改编不仅存在着文字艺术具象为屏幕艺术的跨媒介差异,更重要的是考虑不同媒介所面临受众的审美接受、趣味分化甚至传播后果等问题。女性向IP改编固然有其庞大的粉丝基础,但进入仍为主流审美意识形态掌控的影视文化空间,原粉丝的口味就不再是最重要的考量因素了。因而,"腹黑女"李未央从女人"自己的屋子"走进大众客厅时,"毒粉"们大呼:"这还是李未央吗?"

首先是女主形象彻底由"腹黑女"变"傻白甜"。电视剧人设由重生改编成亡国公主,假代真李未央,李未央失去了前世"三十六岁"的人生阅历和惨烈苦难,只是一个深宫长大的单纯公主,想"腹黑"也"腹黑"不起来了。剧情采用了俗套的女主"受难"叙事:李未央时不时被恶人陷害,对危机束手无策,等男一、男二、男三来救,熬尽苦难后(遭插针酷刑、火海、浣衣局当低等宫女等)终成一代贤后,辅助小皇帝登基。女主受难越多,越显出恶人的坏,更加衬托女主单纯善良的"白莲花"形象。如李敏德图谋行刺大夫人,李未央反劝他仇恨只会害了自己。李敏德说:你做不了那种人,下不了那个手。我也不想让你的双手沾满了鲜血。女主的"腹黑"转嫁给了李敏德,坏事狠毒的事都要让别人来做了。如第23集中李未央在银矿被劫持为人质,拓跋浚对李未央说:你先在里面待着,有些

第八章
后宫种田小说中的"大女主"

男人的事情,我要去处理一下。李未央的女性自主意识没有了,改编成需要接受男性呵护安排的小女人。电视剧中李未央落难多次,被拓跋浚救了不下六次。剧中李长乐都说:李未央几次死里逃生,都是高阳王殿下(拓跋浚)的帮助。"毒粉"们观剧后纷纷吐槽:"李未央简直没法跟小说里的比,蠢死了。"也有评论表示"李未央是个心机很重的女人",这是因为原著中李未央更加腹黑狠辣:尽管也不缺少阴谋陷害和男性呵护,但女主智商一直在线,即便有男士襄助也是女主早有筹谋安排。但这种"腹黑女"形象和主流价值观是错位的,大众屏幕上不允许有这样一个不正面的女性形象出现。

"受难叙事"和"英雄救美"的故事很俗套但很安全,却因此削减了女主复杂的人格魅力:一个在全书中智商情商谋略最高的女主,变成电视剧中时时需要男人保护的"白莲花"。

这样的女主人设也改变了"腹黑女"的男女婚恋观念。原著中李未央忙于布局应对一个个陷阱,作者写着"女尊"的故事忘了男主的存在,以致连载中编辑和"毒粉"们不得不提醒秦简:男主呢?说好的感情戏呢?电视剧直接砍去《越西篇》,男主易位,女主的爱情归属由容颜绝美邪魅狂狷的越西王子元烈,换成了英俊帅气、正义仁德的皇太孙拓跋浚,延续了传统王子公主的童话。为强化感情戏增加了男女主之间家仇国恨、恩爱情仇、误会梗等情感纠葛。原著中她将拓跋玉当成盟友,绝不掺杂男女私情,而拓跋玉却误以为她有情,许她做正妃,这是京城贵族小姐争相梦寐以求的位置,可李未央却冰冷地说:"我会帮你,但只是你的伙伴和朋友。"因前世有"绝不入宫,誓不为后"的誓言,意味着她不接受和其他女性共享一个男人,不接受男性的背叛,她很清楚拓跋玉虽迷恋她却做不到这一点。"她想要做拓跋玉的盟友,而非唯唯诺诺的属下,更不会是倾慕他的女人,他必须习惯她的说话方式!"她不为不合适男人的感情付出打动,在和诸多男性打交道的过程中,她一直处于主动地位。小说中李未央多次表达对男女关系的看法,比如"大历的婚姻是门当户对,漠北的婚姻是夫死改嫁,这两者跟女子本人的意愿都毫无干系,不过是由男人们决定了一切,然后女子遵从而已"。拓跋真为二十五岁的卖艺姑娘唏嘘:"寻常人家的女子早已嫁人生子,她却还在外面四处流浪。"李未央却冷笑:男人是一种很奇怪的东西,他们总认为女人的归宿便是成亲生子,延续血脉,可是同样是人,男人可以建功立业,女人就必须老老实实完成自己的所谓使命吗?在和燕王的对话中,李未央彻底否定了传统价值观赋予女性的社会角色身份和"幸福"观:

> 元毓一愣:"难道你不想嫁给我?我是越西的燕王,拥有数不清的财富……你嫁给我,要比你在大历做一个名不副实的郡主要好得多。听说,你因为过于凶悍的个性,甚至没有人敢迎娶你?嫁给我吧,我保证,你会成为高高在上的燕王妃。难道你不想像普通的千金小姐一样,相夫教子,做一个贤妻良母吗?"
>
> "燕王妃?"李未央突然大笑道,"贤妻良母,是为何物?相夫教子,又是什么?富贵荣华,那又怎样!"……元毓不解地道:"你不知道这一切意味着什么吗?"……她慢慢道:"贤妻良母,不过是为了让男人快活,自欺欺人!相夫教子,不过是让女人安分,固步自封!富贵荣华,转眼之间就是别人的,我怎么可能为了牢笼中的富足而沾沾自喜、得意洋洋!纵然嫁给你,我又能得到什么呢,一个燕王妃的头衔?燕王,不要再和我说笑了,那些东西我不想要,也不屑要!"
>
> ——《锦绣未央》

这种思想挑战了传统性别秩序,是古代女性不可能拥有的。

第八章 后宫种田小说中的"大女主"

这是一个有着现代女性聪慧理智和冷静头脑的李未央,一个绝不依附、顺从男人的独立"大女人",不惧也不为男人的权势和财富所诱惑,只听从自己内心的意志。但 IP 改编时为了适应电视剧主流审美价值观,李未央的形象顺应了男性视角中理想的女性形象,最典型的是"婆媳关系"冲突时的剧情设置。如第 33 集中李未央接受太子妃的刁难,说:"因为您是拓跋浚的母亲,是他最重要的人,就算是最困难的事情,我也愿意去把它做好。"并且表白:"娘娘愿意给再次证明我自己的机会吗?……希望娘娘可以真的喜欢我,想将娘娘当成自己的母亲去看待。"太子妃得意地说:"这个嘛,我得好好考虑一下。"这分明是一个为了喜欢的男人讨好婆婆的好儿媳形象,"婆媳"冲突以媳妇的妥协接受考验得到了暂时的和解,这与现实社会中男性对女性贤妻良母的要求何其相似,充分照顾了电视机前大妈们观剧时的心态。

IP 改编后李未央"腹黑女"的女性主体意识被大大削弱了,从这个意义上讲,这次改编意味着女性向亚文化与传统价值观交集冲突中的失败。2015 年《琅琊榜》改编成电视剧受到主流官方和网络粉丝的共同认同,有学者认为此剧是"腐女同人圈"的破壁之旅,意味着"网络亚文化"与"主旋律"琴瑟和谐。① 更有人将《锦绣未央》比之为男版《琅琊榜》,但梅长苏复仇是为了替冤魂昭雪,为家国正义;而《庶女有毒》中的李未央却只是为了个体在前世所遭受的迫害,电视剧改编成亡国公主,将个体正义转化为家国正义,为了国仇家恨复原真相,让自己的子民免受奴役,女主形象变得更加正面了。与原著相比,正义凛然、仁心宽厚的帝王拓跋浚,聪慧正义高道德感的李未央,才是电视剧所要呈现的道统继承者和一代贤后。

由此可见,"腹黑女"形象从网络文学亚文化空间走向主流影

---

① 邵燕君:《再见"美丰仪"与"腐女文化"的逆袭——一场静悄悄发生的性别革命》,《南方文坛》,2016 年第 02 期,第 55-58 页。

视审美文化空间之艰难。首先,网络小说中智商过人又睚眦必报的"腹黑女"是进入不了主流话语的,进入主流经过规训的腹黑女,虽然保留了有怨报怨的个性,本质上仍然是"傻白甜+白莲花":她在智力上弱于男主,屡屡需要男主的救助,在未来婆婆面前忍气吞声甚至刻意讨好——这恰好符合了主流男权话语对女性形象的审美期待,也迎合了传统的主流婚恋观。而李未央在网络小说中"腹黑"的一面,被隐藏或转嫁给别人了。因为只有这样的女主形象,才能获得主流话语的认可,也满足了主流电视受众的审美心理。有趣的是,恰恰是带有"腹黑"心机的形象特质,获得了广大年轻女粉丝们的拥趸,从网络受众的评论来看,她们对改编后的"李未央"形象表示抗拒,彰显了年轻一代女性自我形象认同上的焦虑。

第三节 "腹黑女"与女性自我认同困境

"毒粉"们纷纷表示不喜欢电视剧改编的李未央形象。有粉丝发表评论:"我讨厌这里的李未央!要不是主角光环,坟头草都不知道多高了!为什么不能有腹黑!没有腹黑你叫什么李未央!你配吗!"与此类似的评论大量出现在百度贴吧等相关讨论区。在社会主流价值观念中,"圣母白莲花"和"傻白甜"至今仍然占据着"女神"的位置,而在女性向网文空间,"腹黑女"以摧枯拉朽之势打破"女神"神话,与尘嚣日上的"网络女性主义"潮流一拍即合①,重塑

---

① "网络女性主义"指近年来在网络空间中萌发并以网络为平台,或针对具体的性别歧视事件和女性生存困境(如婚姻问题、女性财产权问题等)迅速发表看法,形成一定规模的深度讨论及舆论影响力,或通过文艺创作传递女性主义价值观,但通常并不重视理论建构的一种女性主义实践。见高寒凝:《"女性向"网络文学与"网络独生女一代"——以祈祷君〈木兰无长兄〉为例》,《中国现代文学研究丛刊》,2016年第8期,第47-53页。

第八章
后宫种田小说中的"大女主"

女性的性别特质和自我认同。

和以往所有女性形象相比,"腹黑女"意味着更深的主体意识:独立自主,相信自己的力量,为自我而活。后工业时代女性在世界范围内成就越来越高是普遍的现实①,女性受教育程度高,参与社会分配,获得更高的经济地位,她们通过智商和情商把握自己的命运,摆脱了对男人的人身依附。中国女性尤其是独生女和"女继承者"一代从小被当作男性培养,长大后和男性一样参与竞争,其成长过程较少受制于传统"贤良淑德"的训诫,她们经济、生活和精神独立,但是和前辈一样,她们在家庭和婚姻面前面临做"人"和"女人"的困惑:一旦步入婚姻家庭,她们就将被要求脱下"花木兰"的伪装,被迫做回传统社会要求女性扮演的"贤妻良母"角色。如同《射雕英雄传》中少女时代精灵古怪、娇俏可爱的黄蓉,到了《神雕侠侣》中就变得有些呆板甚至让人讨厌了,她甘于做"靖哥哥"背后的贤妻良母,替他操持一切,只为成就郭大侠的美名。

从五四新女性走出家庭、面临事业和家庭两难困境的思考开始,中国女性在自我主体性追寻中走过了一条漫长的道路:新中国成立后女性在"男女平等""妇女能顶半边天"的政治口号中获得虚幻的主体性,却要为此付出扮演"女强人"和"贤妻良母"双重角色的代价,她们被定义为男性心目中的"圣母白莲花","女强人"不讨喜后又要求"傻白甜",无论怎样都是以男性视角塑造的女性形象。只有"腹黑女"是女性自己创造并用钱包选出来的"新女性"形象——探索"女人"另一种样子和多种活法的可能性:她并不像激进的女权主义者一样否认女性的自然生理特性,拥有美貌、智慧、胆识、才气、谋略,兼具女人的外表和男人的野心,渴望和男性一样

---

① 谢宇:《为什么女性的成就越来越高》,李汪洋、靳永爱整理,http://mp.weixin.qq.com/s/OZkQ55k-m7ejxXcKPjrTVQ,2017年1月4日,微信公众号知识分子。(ID:The-Intellectual)

独立自主分享天下。前世的李未央正是贤妻良母的典范,"重生"后的李未央在女性自我主体价值追寻的道路上越来越清醒,认识到男权性别秩序中女性不平等的地位,嘲讽了男性强加给女性身上带有欺骗性的虚幻"圣母"光环。她意识到前世错误,觉今是而昨非,再活一次后终于收获幸福:爱情和婚姻可有可无,如果有的话,也是她自己希望的爱情和婚姻。一个大写的"我"字从"腹黑"之中突显,借助消费文化和网络女性主义思潮的推力,赢得了女性粉丝广泛的认同。

然而想象中对"我"的力量过于倚赖,解构了任何外来力量和传统社会秩序时,折射的是对外来力量的不信任和现实困境的焦虑感,准确地说正是当代女性对传统性别秩序缺乏信任感以及自身焦虑感的呈现。在"腹黑版"李未央眼里,没有所谓的正义,有仇报仇有怨报怨,不相信任何外来力量能够伸张正义,皇帝不行,皇权不可靠,民心不可靠,只有自己的智慧手腕才是可靠的。而在现实社会中,她们哪怕掌握了"洪荒之力"也被宣扬为"无用之力":"女子无才便是德""干得好不如嫁得好",嫁不出去变成了"剩女"。不仅她们智力上的优秀得不到和男性同等的待遇,婚姻和生育又将她们重新拉回传统性别秩序。传统婚后女性自己是没有主体性的,她只有依附于男人的妻子身份和依附于孩子的母亲身份。《新婚姻法》并不承认女性在家庭和生育上的付出,也不保护女性的经济利益。网络空间中有关"凤凰男""渣男""婆媳矛盾""丧偶式婚姻""出轨""斗小三""剩女""巨婴男"等等引发了一次次网络大讨论,构成了网络女性主义思潮的关键字眼。粉丝们对"腹黑女"形象的认同在于高度自我代入感和时代女性精神的唤醒,秦简的粉丝自称"渣女","渣女"是相对于"渣男"而言,她们褪去道德外衣的束缚,彻底否定传统女性形象和传统性别秩序。畅游于女性向网文空间的新女性对"圣母白莲花"剧有着本能的"免疫"力,例如一

第八章
后宫种田小说中的"大女主"

次网络讨论中,诸如《俺娘田小草》《娘妻》等剧遭到年轻女性的鄙视,她们表示一看到剧名就有一种抵触情绪,而她们的上一辈——"50后"和"60后"的大妈们却看得津津有味。

问题是:"圣母白莲花"剧正是为深受男权秩序影响的大妈们或将传统性别观念内化的女性准备的,代表了社会主流价值观(准确地说是男权话语秩序)。对男性来说"腹黑女"及其粉丝无疑是可怕的,大妈们和"妈宝男"们心目中的理想媳妇正是按照"圣母白莲花"或"傻白甜"标准来挑选的,这样一来,传统男权性别秩序和新女性自我追寻产生了矛盾冲突。李未央从"腹黑女"摇身一变为"傻白甜",正意味着主流话语对"女性向"亚文化仍然具有强大的消解力量。这样的现实境遇让从小和男性一样成长的新女性陷入自我认同的困境,除非她们能打破婚姻家庭的魔咒,否则没法找到女性的主体位置。

总之,"腹黑女"形象是后工业时代"尚智"精神的体现,是当代女性自我认同架空传统男权社会对自我形象的界定、探寻女人作为"人"的个体价值多种可能性的产物。其形象意蕴并非意在颠覆传统"善恶好坏"的道德观,而是表达对现有性别格局不满、要求重建性别秩序的渴望。"女性向"IP进入文化产业就要接受主流男权话语的审美规训,如同"腹黑女"李未央在IP改编时折戟"傻白甜","腹黑女"形象与当代女性在社会生活中的现实困境正好相反:一个充满智慧力量、独立自由、受到尊重爱慕的女性,只能活在"女性向"网络重生文中,进不了主流,"新女性"的主体性建构仍然"任重而道远"。

然而,李未央以"腹黑女"身份进入主流文化圈虽然失败了,但"腹黑女"形象中的某些特质却被保留了下来,比如聪慧、凌厉、果断、有心机。自《后宫·甄嬛传》开始,大女主剧中的女主形象不再是单一的"傻白甜"和"白莲花"形象,她们不会为道德绑架"自我",

带着当下职场女性杀伐决断的形象特质,如此后《延禧攻略》中的魏璎珞、《知否知否应是绿肥红瘦》中的盛明兰,借助传统女性形象的外壳,内里却暗藏"腹黑女"的心机。通过这种方式,网络女性亚文化圈和主流审美意识在某种程度上达成了妥协。不管如何,从"女性向"亚文化空间向主流文化空间的通道已经打开,"女性向"大IP仍在不断产出,中国性别秩序重建程序已经开启。

结　语

　　站在时光的门槛上回望,如果试着对中国文学的发展主线做一个简单粗略的历史梳理,大致可以将其分为三个阶段。

　　第一个阶段属于古典文学范畴,从《诗经》《离骚》开始的伟大传统,一直绵延到晚清、民国的章回体小说。

　　第二个阶段自20世纪新文化运动开始,直到21世纪之交,属于中国现代文学范畴,这个阶段建立了一整套不同于古典文学传统的文学规范、文学评价话语体系和文学生产机制,受西方文学影响颇深,形成了中国20世纪一百多年来的主流文学传统,至今仍发挥着重要作用。

　　第三个阶段是从21世纪之交开始至今的中国网络文学。网络文学在初始阶段自由草创期仍受现代文学传统的影响,2003年VIP版权签约制度建立之后,网络文学解决了盈利模式的问题。随着商业资本和新媒介技术革新的双重加持,网络文学迅速发展分化,吸收了中国本土通俗文学传统,借鉴了西方欧美、日漫通俗流行文化,在中国这片文学土地上,从野蛮的杂草生长成枝繁叶茂的参天大树,呈现出更多新的特质。

　　这棵大树还在不断向天空伸展着枝条,受制于传统文学视野的我们看不清它未来会变成什么模样。这一次文学变革可能比现代文学较之于古典文学传统的革新更加剧烈,因为新媒介技术及其所带来的信息时代对文学生活的改变是全方位的、根本性的,带来的新问题也是前所未有的。我们现在所拥有的文学理论和文学经验,均来自刷文明下的文学生活、印刷文明下的文学生产机制。对于信息文明时代的文学生活,主流文学批评界和文学理论界尚在摸索中过河,试图建立网络文学批评话语体系和理论体系。而这一过程必须从信息时代的网络文学现场去探求。

首先是基于新技术带来的人类虚拟生活体验。虚拟体验将人类有史以来所依赖的原始现实生活世界大大拓展了,人类得以摆脱时间、空间和物理定律,在一个由网络构筑的虚拟世界里自由驰骋。网络文学类型的丰富和想象力的尽情释放即是虚拟体验在文学生活中的体现。无论是都市言情、玄幻仙侠,还是后宫种田、耽美同人等等,均是虚拟世界的"脚本",在重构幻想世界的过程中表达了人们信息时代的生活处境及其思考。比如,个体在社会中的成长,女性对爱情和婚姻的反思等等。因而,网络文学是考察信息时代人类社会生活的重要样本,对其进行社会症候式解读是理解当下人精神生活和心理情感认同的有效途径。这是进入网络文学现场的重要法门之一。

其次,网络文学消费的主体是青少年,尤其进入网络类型小说阶段之后,"80后""90后""00后"青少年成为网络文学创作与消费的主力军。"70后"作家们也乐意投其所好,比如唐家三少就称他的小说就是给十几岁的少年看的,这是他对自己文学创作的定位,一旦拔高了,就会流失这部分读者。而每年总会有源源不断的青少年涌入网络类型小说的文学入口。从这个意义上讲,当下网络文学更倾向于青少年流行亚文化,从文化研究的角度切入也是一种有效路径。

新媒介技术下网络文学已经形成一套成熟的文学生产机制,在媒介融合背景下不断卷入新的文化业态。新媒介和商业资本双重作用下的网络文学将会走向何方?印刷文明时代文学文本的创

结 语

作是持久的、封闭的、私密的,阅读也是封闭的、私密的。网络文学无论是创作还是接受,都带有明显的交互性、流行性、游戏性质,这是不同于纸质文学的显著文学体验。必须将其放置在文化产业的整个生态链条中进行考察,尤其是与影视、动漫、游戏等文化形式的跨媒介联通。这也是网络文学研究最迷人之处,一个全新的领域正在展开。

邵燕君提到,新旧媒介交替之际经典文化传统会出现断层,如何将旧媒介时代的文明引渡到新媒介中,是非常重要的命题,也是学者不可回避的责任。人不能总是停留在十几岁,当"90后""00后"们成长起来对各种复制的套路感到"审美疲劳"时,他们也会从经典文学中吸取传统的滋养。未来的网络文学可能也会出现审美代际分层,不再是青少年阅读的天下,从中必然诞生更多有"大师级品相"、保持文学"灵韵"、兼备审美性和社会性的经典网络文学作品。把一切交给时间吧。

参考文献

著作类

[1] 阿兰·邓迪斯.西方神话学论文选[M].朝戈金,译.上海:上海文艺出版社,1994.

[2] 亨利·詹金斯.融合文化:新媒体和旧媒体的冲突地带[M].杜永明,译.北京:商务印书馆,2012.

[3] 黄楚新,唐绪军,吴信训,等.新媒体蓝皮书·中国新媒体发展报告[M].北京:社会科学文献出版社,2011.

[4] 康德.判断力批判[M].3版.邓晓芒,译;杨祖陶,校.北京:人民出版社,2002.

[5] 刘小源.来自二次元的网络小说及其类型分析[M].上海:东方出版中心,2019.

[6] 刘勰.文心雕龙[M].北京:中华书局,2014.

[7] 鲁迅.中国小说史略[M].北京:人民文学出版社,2007.

[8] 吕微.神话何为——神圣叙事的传承与阐释[M].北京:社会科学文献出版社,2001.

[9] 孟繁华.众神狂欢:世纪之交的中国文化现象[M].北京:中央编译出版社,2003.

[10] 欧阳友权.中国网络文学二十年[M].南京:江苏凤凰文艺出版社,2019.

[11] 单小曦. 媒介与文学:媒介文艺学引论[M]. 北京:商务印书馆,2015.

[12] 邵燕君. 倾斜的文学场——当代文学生产机制的市场化转型[M]. 南京:江苏人民出版社,2003.

[13] 邵燕君. 网络时代的文学引渡[M]. 桂林:广西师范大学出版社,2015.

[14] 邵燕君. 网络文学经典解读[M]. 北京:北京大学出版社,2016.

[15] 王国维. 宋元戏曲史序[M]. 南京:江苏文艺出版社,2007.

[16] 杨宏海. 打工文学备忘录[M]. 北京:社会科学文献出版社,2007.

[17] 中国作家协会创作研究室. 网络文学评价体系虚实谈[M]. 北京:作家出版社,2014.

[18] 周志雄,等. 大神的肖像:网络作家访谈录[M]. 济南:山东人民出版社,2015.

[19] 朱大可,张闳. 21世纪中国文化地图[M]. 南宁:广西师范大学出版社,2004.

期刊类

[1] 曹顺庆. 话语权与中国文学史的研究[J]. 南京大学学报(哲学·人文科学·社会科学),2013(5):75-88,159.

[2] 陈国恩. "纯文学"究竟是什么[J]. 学术月刊,2008(9):88-91,106.

[3] 陈美兰. 当代文坛的"经典化焦虑"[J]. 长江文艺,2014(4):140-142.

[4] 陈祖君,王立新. 论作为文化传播媒介的1990年代文学期刊[J]. 重庆交通大学学报(社会科学版),2009(3):69-72.

[5] 丁帆.青年作家的未来在哪里[J].文艺争鸣,2017(1):1-3.

[6] 范伯群,刘小源.通俗文学的传统与网络类型小说的历史参照系[J].中国现代文学研究丛刊,2015(8):100-114.

[7] 高寒凝."女性向"网络文学与"网络独生女一代"——以祈祷君《木兰无长兄》为例[J].中国现代文学研究丛刊,2016(8):47-53.

[8] 高小康.非文本诗学:文学的文化生态视野[J].文学评论,2008(6):13-17.

[9] 高小康.文学想象与文化群落的身份冲突[J].人文杂志,2005(4):87-92,4.

[10] 高小康.文艺生态与文艺理论的非经典转向[J].文艺研究,2007(1):26-33,166.

[11] 高小康.作品链与活动史——对文学史观的重新审视[J].文学评论,2005(6):57-63.

[12] 管雪莲.超级IP制造时代的"玛丽苏式神话"[J].探索与争鸣,2016(03):70-74.

[13] 韩少功.当机器人成立作家协会[J].读书,2017(6):3-15.

[14] 韩云波.大陆新武侠和东方奇幻中的"新神话主义"[J].西南师范大学学报,2005(9):65-68.

[15] 何平.网络文学就是网络文学[J].文艺争鸣,2017(6):1-3.

[16] 何平.再论"网络文学就是网络文学"[J].文艺争鸣,2018(10):1-3.

[17] 贺芒.《佛山文艺》与打工文学的生产[J].文艺争鸣,2009(11):114-118.

[18] 洪子诚.中国当代的"文学经典"问题[J].中国比较文学,2003(3):32-43.

[19] 胡笛.中国传统神话在网络文学中的重生[J].安徽文学(下

半月),2017(9):13-14.

[20] 胡晓红.社会记忆中的新生代农民工自我身份认同困境——以S村若干新生代农民工为例[J].中国青年研究,2008(9):42-46.

[21] 胡友峰.消费社会与电子媒介时代文学的生长背景[J].小说评论,2014(6):58-63.

[22] 黄广明.新生代民工的梦与痛[J].南方人物周刊,2005(21):70-72.

[23] 黄鸣奋.人工智能与文学创作的对接、渗透与比较[J].社会科学战线,2018(11):179-188.

[24] 黎杨全.虚拟体验与文学想象——中国网络文学新论[J].中国社会科学,2018(1):156-178,207-208.

[25] 李伟东.消费、娱乐和社会参与——从日常行为看农民工与城市社会的关系[J].城市问题,2006(8):64-68.

[26] 刘毅,等.网络文学中武术文化的译介与传播——以北美网络翻译平台"武侠世界"为例[J].西南交通大学学报(社会科学版),2018(6):98-104.

[27] 楼岚岚,张光芒.期刊改版与九十年代以来的文学转型[J].南京师范大学文学院学报,2005(3):71-82.

[28] 罗霞,王春光.新生代农村流动人口的外出动因与行动选择[J].浙江社会科学,2003(1):109-113.

[29] 南帆.游荡网络的文学[J].福建论坛(文史哲版),2000(4):15-22.

[30] 欧阳友权.人工智能之于文艺创作的适恰性问题[J].社会科学战线,2018(11):189-195.

[31] 欧阳友权.网络类型小说:机缘和困局[J].学习与探索,2013(2):122-125.

[32] 阮诗芸.中国网络文学的海外传播对翻译研究的启示[J].燕山大学学报(哲学社会科学版),2019,20(1):11-18.

[33] 单小曦."作家中心"·"读者中心"·"数字交互"——新媒介时代文学写作方式的媒介文艺学分析[J].学习与探索,2018(8):156-162.

[34] 邵燕君,等.媒介革命视野下的中国网络文学海外传播[J].文艺理论与批评,2018(2):119-129.

[35] 邵燕君,等.直面媒介文明的冲突,理一理"文学的根"——北京大学网络文学研究论坛纪要[J].南方文坛,2017(4):37-42.

[36] 邵燕君.传统文学生产机制的危机和新型机制的生成[J].文艺争鸣,2009(12):12-22.

[37] 邵燕君.美国网络小说"翻译组"与中国网络文学"走出去"[J].文艺理论与批评,2016(6):105-111.

[38] 邵燕君.网络文学的"网络性"与"经典性"[J].北京大学学报(哲学社会科学版),2015(1):143-152.

[39] 邵燕君.再见"美丰仪"与"腐女文化"的逆袭——一场静悄悄发生的性别革命[J].南方文坛,2016(02):55-58.

[40] 邵燕君.在"异托邦"里建构"个人另类选择"幻象空间——网络文学的意识形态功能之一种[J].文艺研究,2012(4):16-25.

[41] 宋战利.中国文学期刊的危机与发展机遇探讨[J].中国出版,2010(10):28-30.

[42] 陶东风.中国文学已经进入装神弄鬼时代?——由"玄幻小说"引发的一点联想[J].当代文坛,2006(5):8-11.

[43] 汪全莉,张蔚.女性向网络小说主流类型及问题探析[J].浙江传媒学院学报,2015(4):54-59.

[44] 王才英,侯国金.《盘龙》外译走红海外及对中国传统经典文学外译的启示[J].燕山大学学报(哲学社会科学版),2018,19(3):41-46.

[45] 王春光.新生代农村流动人口的社会认同与城乡融合的关系[J].社会学研究,2001(3):63-76.

[46] 王侃.最后的作家,最后的文学[J].文艺争鸣,2017(10):1-3.

[47] 王乾坤.经典谁说了算[J].读书,2015(1):59-64.

[48] 王十月.我是我的陷阱[J].天涯,2010(1):4-10.

[49] 王晓明.六分天下:今天的中国文学[J].文学评论,2011(5):75-85.

[50] 王兴周.新生代农民工的群体特性探析——以珠江三角洲为例[J].广西民族大学学报(哲学社会科学版),2008(4):51-56.

[51] 王玉玊.从《渴望》到《甄嬛传》:走出"白莲花"时代[J].南方文坛,2015(05):47-49.

[52] 吴长青.中国网络文学的社会影响力及海外传播[J].世界华文文学论坛,2017(2):70-74.

[53] 肖映萱."女性向"网络文学的性别实验——以耽美小说为例[J].中国现代文学研究丛刊,2016(8):39-46.

[54] 许苗苗.游戏逻辑:网络文学的认同规则与抵抗策略[J].文学评论,2018(1):37-45.

[55] 许苗苗.作者的变迁与新媒介时代的新文学诉求[J].文艺理论研究,2015(2):130-137.

[56] 杨俊蕾.中国网络文学的叙事转向与文化输出[J].人民论坛,2017(24):124-125.

[57] 杨利慧."神话主义"的再阐释:前因与后果[J].长江大学学

报(社会科学版),2015(5):1-6,12.

[58] 杨启刚.世纪末:文学期刊生存空间的最后拓展[J].出版广角,1999(5):43-44.

[59] 余晓敏,潘毅.消费社会与"新生代打工妹"主体性再造[J].社会学研究,2008(3):143-171,245.

[60] 袁红涛.突破与转型:中国网络文学研究二十年的历程[J].济南大学学报(社会科学版),2018(5):96-101,159.

[61] 张欢.孔二狗:哥写的不是黑社会,是时代[J].南方人物周刊,2009(33):28-31.

[62] 张文.媒介与百年中国作家身份的建构[J].兰州学刊,2016(12):43-50.

[63] 赵勇.从小说到电影:《芳华》是怎样炼成的——兼论大众文化生产的秘密[J].文艺研究,2019(3):95-106.

[64] 郑剑委.中国网络文学的海外接受与网络翻译模式[J].华文文学,2018(5):119-125.

[65] 郑熙青,肖映萱,林品."网络部落词典"专栏:"女性向·耽美"文化[J].天涯,2016(3):174-189.

[66] 钟雅琴.超越的"故事世界":文学跨媒介叙事的运行模式与研究进路[J].文艺争鸣,2019(8):126-134.

[67] 周志雄.通俗文学版图中的网络小说[J].文艺争鸣,2016(11):74-81.

[68] 祝鹏程.祛魅型传承:从神话主义看新媒体时代的神话讲述[J].民俗研究,2017(6):53-60.

[69] 庄庸,安晓良.中国网络文学海外传播:"全球圈粉"亦可成文化战略[J].东岳论丛,2017(9):98-103.

报纸类

[1] 卜昌伟.陆兴华:躲开残雪所谓的"纯文学"[N].京华时报,

2004-6-9(A22).

[2] 方晓达. 消逝的《大鹏湾》[N]. 南方日报,2009-12-1(HD02).

[3] 陶东风. 比坏心理腐蚀社会道德[N]. 人民日报,2013-9-19(08).

[4] 陶东风. 以记忆传承超越审美代沟[N]. 人民日报,2018-11-20(24).

[5] 王祥. 网络文学海外传播的理论认知问题[N]. 文艺报,2019-2-27.

[6] 吴永奎. 打工作家曾楚桥:文学是我的宗教[N]. 南方日报,2010-11-23(D3).

[7] 杨宏海,方晓达."未来的打工文学还会有惊喜"[N]. 南方日报,2010-12-7(HD2).

[8] 叶舒宪. 新神话主义与文化寻根[N]. 人民政协报,2010-7-12.

[9] 叶永烈. 奇幻热、科幻热与科幻文学[N]. 中华读书报,2005-8-3.

电子文献类

[1] 艾瑞咨询数据库. 2018年中国网络文学作者报告[EB/OL]. (2018). www.iresearch.com.cn.

[2] 艾瑞咨询数据库. 网络文学出海白皮书[EB/OL]. (2018). www.iresearch.com.cn.

[3] 郭海鸿. 网络需要什么样的小说?[EB/OL]. (2010-05-22). http://blog.sina.com.cn/s/blog_49a1bc770100iwu2.html.

[4] 郭建勋. 旧文化大楼[EB/OL]. (2006-08-28). http://blog.

sina. com. cn/s/blog_5728f26b010004mg. html.

[5] 韩寒. 后会有期[EB/OL]. (2010-12-28). http://blog. sina. com. cn/s/blog_4701280b010176x6. html.

[6] 何真宗. "打工文学"不需要深化[EB/OL]. (2009-08-19). http://blog. sina. com. cn/s/blog_4b52a3510100e75q. html.

[7] 李东洋,靳东爱,谢宇:为什么女性的成就越来越高[EB/OL]. 微信公众号《知识分子》(ID:The-Intellectual),(2017-1-4). http://mp. weixin. qq. com/s/OZkQ55k-m7ejxXcKPjrTVQ.

[8] 摩登中产. 网络文学20年,无人再识榕树下[EB/OL]. (2019-10-1). https://www. toutiao. com.

[9] 农民工明明. 农民工明明在城中村的穷人生活[EB/OL]. (2009-5-25). http://bbs. city. tianya. cn/new/tianyacity/Content. asp?idItem=329&idArticle=134272&page_num=1.

[10] 努力向上的民工. 我的民工生涯(真实的经历)[EB/OL]. (2004-09-24). http://www. tianya. cn/publicforum/Content/free/1/197019. shtml.

[11] 石首王十月:从打工仔到"打工作家"[EB/OL]. (2008-09-01). http://liugenshenlgs. blog. 163. com/blog/static/5393665520088 185414279.

[12] 陶东风. 中国文学已经进入装神弄鬼时代[EB/OL]. (2006-06-18). http://blog. sina. com. cn/s/blog_48a348be010003p5. html.

[13] 王十月. 2004年哎[EB/OL]. (2004-12-26). http://www. tianya. cn/publicforum/content/no16/1/35316. shtml.

[14] 王十月. 文学,我的宗教我的梦[EB/OL]. (2005-1-3).

http://www.tianya.cn/techforum/Content/163/528254.shtml.

[15] 叶耳. 听闻《大鹏湾》要恢复[EB/OL].(2006-3-28).http://sz1979.com:88/blog/user1/158/200632822261.html.

[16] 曾楚桥. 三十一区和打工文学[EB/OL]."楚桥的博客":http://blog.sina.com.cn/zengchuqiao 16888.

英文文献

[1] Alexander Lugg. Chinese online fiction: taste publics, entertainment, and Candle in the Tomb[J]. Chinese Journal of Communication, 2011, 4(2).

[2] Benton T, Craib L. Philosophy of Social Science: The Philosophical Founations of Social Thought[M]. New York: Palgrave, 2001.

[3] Jie Lu. Chinese Historical Fan Fiction: Internet writers and Internet literature[J]. Pacific Coast Philosophy, 2016, 51(2).

[4] Jorgen Bruhn. The Intermediality of Narrative Literature[M]. Basingstoke: Palagrave Macmillan, 2016.

[5] Michael S C Tse, Maleen Z. Gong. Online Communities and Commercialization of Chinese Internet Literature[J]. Journal of Internet Commerce, 2012, 11(2).

[6] Michel Hockx. Internet Literature in China[M]. New York: Columbia University Press, 2015.

[7] Werner Wolf. "Intermediality"[C]//David Harman, et al., eds, Routledge Encyclopedia of Narrative Theory. London: Routledge, 2005.